KB106761

김탁환 | 1968년 진해에서 태어나 서울대학교 국어국문학과와 동 대학원을 졸업했다. 대하소설 『불멸의 이순신』, 『압록강』을 비롯해 장편소설 『혜초』, 『리심, 파리의 조선 궁녀』, 『방각본 살인 사건』, 『열녀문의 비밀』, 『열하광인』, 『허균, 최후의 19일』, 『나, 황진이』, 『서러워라, 잊혀진다는 것은』, 『목격자들』, 『조선 마술사』, 『거짓말이다』, 『대장 김창수』 등을 발표했다. 소설집 『진해 벚꽃』, 『아름다운 그이는 사람이어라』, 산문집 『엄마의 골목』, 『그래서 그는 바다로 갔다』 등이 있다.

나,

황
진
이

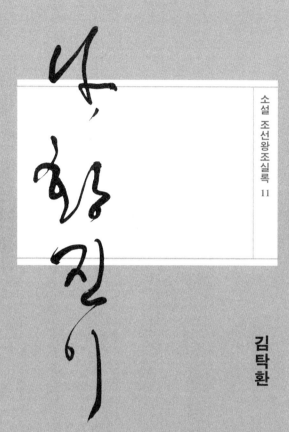

소설 조선왕조실록

11

김탁환

민음사

내가 완전한 인간이 될 수 있다고 생각하지 않는다면

어떻게 나 자신에게 흥미를 가질 수 있겠는가?

— 앙드레 지드, 『배덕자』

꽃바람

산빛 짙은 창에 기대어 잠을 청한 탓일까요.

방문해도 어려움이 없겠느냐는 허태휘(許太輝)*의 기별이 없었다면 동동(㶿㶿, 눈이 귀 뒤에 달려 있는 상상의 동물)처럼 귀 뒤로 한쪽 눈만 끔벅이며 시간을 죽였을 겁니다. 장닭이 횃대에 앉기 전부터, 푸르기가 머릿발 같은 오관산의 붉은 빛을 살피던 내게 늦잠은 어울리는 단어가 아니지요. 도에 뜻을 두며 예에 노닐기로 결심하고 꽃못(花潭, 서경덕이 제자들을 가르친 곳. 서경덕은 이 지명을 자신의 호로 삼았음)에서 청금(靑衿, 학생들이 입는 옷)을 입은 후로는 더욱 시간을 아꼈답

---

* 허엽(許曄, 1517~1580). 태휘는 그의 자(字)다. 화담 서경덕의 제자로 훗날 동인의 영수가 된다. 허봉, 허균, 허난설헌의 아버지이기도 하다.

니다. 하루라도 샛별과 마주 앉지 않으면 천 길 낭떠러지로 떨어질 것만 같았습니다.

잠비(여름비)에 자주 빠지던 작년 여름* 망극한 일을 겪은 후부터 꽉 짜인 일상이 바뀌었어요. 스승이 아니 계시니 꽃 못이 고요하고 꽃못이 고요하니 세상의 티끌과 먼지를 끈 덕지게 살필 자신이 없어졌답니다. 옆구리로 바람이 들더니 아랫니가 빠질 듯 아릴 뿐 아니라 이마에서 정수리까지 붉은 반점이 제비동자꽃처럼 퍼졌지요. 늙은 하인에게 하 삼도로 유산(遊山)을 떠났노라 소문을 내게 한 것도 구차한 마지막을 보이기 싫어서였답니다.

도를 얻는 것이 가장 중요하고 극락에 오르는 것은 그 다음이라고 했던가요. 성인의 길을 보지도 못한 내가 어찌 세 치 혀를 놀려 돌아가신 스승의 그림자를 쥘 수 있겠습니까. 허태휘는 내 이름(眞)을 믿고 회고의 글을 부탁하였겠지만 이제는 그 이름을 더럽히는 일만 남았네요. 해어화(解語花, 기생)란 외운 대로 노래 부르고 익힌 대로 춤추며, 바늘을 태산으로 부풀리고 바다를 국선생(麴先生, 술) 한 잔으로 줄이면서 겉멋만 부릴 따름이라고들 하지요. 참된 것을 얻고 싶다면 어리석은 이 사람의 기억이 아니라 꽃못을 찾

---

*서경덕이 세상을 뜬 1546년 7월.

았던 사(士)와 대부(大夫)를 수소문하는 편이 나을 겁니다. 나는 참되고 참된 것만을 뱉을 자신이 없습니다. 죽을 때가 가까우면 평생 비틀거나 비벼 댄 시간들도 소제를 막 끝낸 서실의 서책들처럼 가지런하게 놓이는 법이라지만, 나는 아직 나를 버리고 가는 어제가 원망스럽고 나를 다시 혼돈에 빠뜨리는 오늘과 이마를 맞대고 싶답니다. 욕심이 크니 실수도 잦고 실수가 많으니 어떤 기억도 허태휘가 원하는 만큼 흘러가지 않겠지요. 나만을 위해 올챙이가 기어가듯 몇 글자 남겨 두기도 했지만 그것은 위안을 바라는 나약한 인간을 위한 배려일 따름입니다. 내가 죽는 날 함께 묻혀 영원한 없음으로 돌아갈, 처음부터 짓지도 않은 글이지요. 쉰을 앞둔 지금은 스무 살 구망(句芒, 청춘)에 읊은 시들을 주워 담기도 벅차답니다.

그래요, 나는 죽어 가고 있습니다. 약 달이는 창가로 불어온 봄바람이 위로의 말 속삭이지만 마지막이 멀지 않았음을 직감합니다. 어둠이 깔리기 시작하자마자 구름을 밟고 하늘로 오르는 혼령과 피 토하며 쓰러지는 푸른 이리 떼가 보여요. 어릴 때 함께 뒹굴었던 외사촌들도 병문안을 와서는 내 얼굴 몰라보고 손님 대접을 하는군요. 그 서먹서먹함이란 죽음 가까이 다가가지 않으려는 마음이겠지요. 동경(銅鏡)에 비친 백발을 보며 죽을 때를 놓친 것을 안타까 위해야 할까요. 아예 태어나지 않았거나 빨리 늙은이가 되기를 바란 적도 있었지요. 보이던 것들이 보이지 않고 들리던 것들이 들리지 않는 고통을 몰랐던 겁니다. 귀잠(깊은 잠)을 잔 적이 언제였던가요. 밤마다 도한(盜汗, 식은땀을 흘리며 자다가 깨면 땀이 나지 않는 현상)에 시달리며 눈을 감았다 떴지요. 새벽부터 기를 단전에 모아도 모현(冒眩, 머릿속이 흐리멍텅하면서 어지러움)을 벗어날 수 없답니다. 깃털처럼 가벼운 몸 하나도 다스리지 못해 낮에는 무자맥질을 하듯 방바닥을 쓸고 다닙니다. 먼지잼(조금 오다 마는 비)에도 두 무릎이 쑤시고 옆구리가 결립니다. 번갈(煩渴, 심한 목마름)은 일상이 되었고 도규(刀圭, 약숟가락)를 아무리 자주 들어도 복만(腹滿, 복부 팽만)이 줄어들지 않습니다. 10년 전만 해도 두류와 금강과 묘향을 누볐다는 것을 누가 믿어 주겠는지요. 열정도 사그라들고 틈만 나면 도린곁(외진 곳)에서 신음을 삼킬 뿐이지요. 송도의 어리석은 술꾼으로 문뱃내(술 냄새)나 풍기며 살다 가겠다는 바람도 이루어지기 힘들 것 같습니다. 오늘은 단공(짧은 지팡이)에 의지하여 마당을 거닐고 영창문(靈昌門)을 지나 멀리서 성균관을 우러를 수 있지만, 당장 내일이라도 솔가리(마른 솔잎)마냥 드러누운 채 죽을 날을 기다릴 수도 있지요. 아닙니다. 나는 죽어 가고 있지만, 아직 완전한 사라짐에 이마를 찧지는 않았습니다. 삶의 언덕으로 기어오를 기회는 몇 번 더 있을 겁니다. 자기 위안의 입찬소리로 여기지는 말기를. 가을이 오면 반드시 낙엽 쌓인 두류산에서 남명(南冥)*을 뵙고 시와 거문고를 뽐 낼 겁니다.

지나친 욕심일망정 불률(不律, 붓)을 들기로 마음을 정한 것은 나의 부족함을 되돌아보기 위함입니다. 스승은 스스 로 완전함을 닦으셨지만 내게는 항상 낯선 순간들이 필요 했지요. 물구슬(비나 이슬로 맺힌 물방울) 깔린 들판으로 처음 나온 부룩송아지(어린 소)처럼 새로운 것, 날카로운 것, 멋진 것을 향해 눈을 돌렸습니다. 조용히 앉아서 하루의 절반을 보내고 책을 읽으며 나머지 절반을 지내라는 가르침처럼 힘겨운 것이 없었지요. 장차 죽으려는 새는 그 울음이 슬프 고 장차 죽으려는 사람은 그 말이 착하다고 했던가요. 세상 을 향해 침 뱉고 으르렁거리며 욕하고 비웃으며 지내 왔는 데, 이제 그 모든 칼날을 내 안으로 들이밀어야 합니다. 다 시는 찾지 않을 것 같던 서책도 뒤지고 빛바랜 서찰도 모으 고 또 이런저런 인연으로 가까이 두게 된 물건들도 한 번 씩 쓰다듬어 보았답니다. 시간이 달팽이 걸음처럼 점점 느

---

*조식(曺植, 1501~1572). 자는 건중(楗仲)이고 남명은 그의 호다. 경상좌 도의 이황과 쌍벽을 이루는 경상우도를 대표하는 유학자다.

리게 흐르다가 끝내는 멈추고 급기야 세(歲), 월(月), 일(日), 시(時)가 되돌아가는 착각. 조각난 기억이 까치놀(석양을 받아 수평선에서 번뜩이는 물결)처럼 빛을 발하며 사라지기도 했답니다. 옳고 그름을 가리기 전에 그 모든 순간들의 앞뒤를 살피는 것도 꽤 많은 품이 들 것 같네요. 이 일과 함께 목숨이 다한다면 광영이겠지요. 서책을 쌓듯 내 빛바랜 삶을 검지로 짚어 가며 넘길 겁니다. 정곡을 맞히지 못할 때는 세필을 놓고 나 자신을 찬찬히 뜯어보겠습니다. 글을 쓰기 전에는 열 중 한둘 정도 정곡을 빗나가겠거니 여겼는데, 벌써 열에 아홉은 나의 실수요 어리석음이요 사려 깊지 못함입니다. 앞으로의 날들이 아득해지는군요.

마지막 남은 기를 꽃바람처럼 흩어 버리시던 날, 스승은 연못에 가겠노라 고집하셨지요. 꽃못이라는 마을 이름에서도 알 수 있듯이, 오관산 자락에는 홍진(紅塵, 속세)에 묻힌 세월을 씻을 아름다운 연못이 많습니다. 스승의 포류(蒲柳, 부들과 버드나무) 같은 몸은 나비보다도 더 가벼웠지요. 30년을 넘게 입은 갖옷 한 벌 벗어 두고 훨훨훨 날아가 버리시지나 않을까. 따르려 했지만 가만히 손등을 다독이며 고개를 저으셨습니다. 입으로만 웃으셨지요. 허태휘에게 업혀 연못으로 향하는 스승을 배웅한 다음 방을 말끔히 치

웠답니다. 이불과 요를 햇볕에 말리고 머리맡의 서책들도 다시 쌓고 방바닥 걸레질도 세 번이나 했지요. 죽음의 기운을 몰아내고픈 마음이었습니다. 허태휘의 등을 빌려서라도 목욕을 가겠다고 고집하신 까닭을 벌써부터 짐작했던 탓이지요. 지금까지의 삶처럼 단정하고 깨끗한 이별을 원하셨던 겁니다.

언제부터였을까요.

스승이 내 손등을 다독일 때부터 앞이 보이지 않았습니다. 당신이 떠날 동네의 꽃은 이미 졌고 사립문은 벌써 닫혔네요. 동행도 없이 그 먼 길을 어이 홀로 가실까. 새 이부자리를 펴지도 못하고 눈물만 훔쳤습니다.

스승은 너무나도 밝게 웃으며 돌아오셨답니다. 힘에 겨운 듯 입술을 열지는 않으셨지만 나비잠(두 팔을 머리 위로 올리고 편히 자는 잠)에서 막 깨어난 아이처럼 숨결도 고르고 혈색도 좋았지요. 허태휘도 고개를 끄덕였습니다. 열흘, 아니 한 달은 더 이 작은 방을 지키실 수 있으리라 여겼던 겁니다. 스승은 우리의 헛된 기대를 바로잡기라도 하시려는 듯 조용히 오른팔을 들었지요. 무릎걸음으로 다가앉아서 귀를 가까이 대니 '유물(有物)' 두 자를 뱉어 내셨습니다. 듣고 싶으세요? 여쭈었더니 또 가만히 웃으셨지요. 나는 스승의 오른손을 꼭 쥐고 그 시를 외웠습니다.

스승은 어디서부터 왔고 어디로 돌아갈 것인가를 이르지 않고 떠나셨습니다. 삶과 죽음의 이치를 이미 깨친 후였기에 끝까지 편안하셨던 것이지요. 언제나 우리의 지주(砥柱, 격류 속에서도 황하 가운데 변함없이 서 있는 바위)셨던 분. 스승이 던진 마지막 물음의 답을 이 글 안에서 발견할 수 있을까요. 이제 찾아가서 물을 곳도 없으니 자문자답의 막막함을 홀로 감내할 수밖에 없네요.

동정은 말기를! 배움의 길을 접은 것은 아닙니다.

이팔(열여섯 살)에 처음 수청방(관아 안에 기생이 머무르는 방)으로 들 때보다 뜻도 굳고 머리도 맑답니다. 스승이 꽃못을 거니실 때는 문하끼리 서로 만나 뜻을 나누거나 박연폭포까지 몰려가기도 하였지요. 지금은 맏아드님만이 겨우 초가를 지킬 뿐 스승의 무릎 아래에서 배움을 얻던 이들은 뿔뿔이 흩어졌답니다.

도대체 어디까지 파고들어야 할까요.

요즈음 황 모가 댓두러기(늙은 매) 흉내를 내며 건고(鍵囊)의 자세로 물러섰다*는 풍문이 돈다면서요. 화원의 통절

---

* 건고는 병기를 자루에 넣어 자물쇠를 채워 둔다는 뜻이다. 곧 세상과 맞서 싸우지 않음을 뜻한다.

한 세월이 화폭에 담긴 붓놀림 하나로 드러나듯이, 이 글도 꽃못에 모인 이들의 못다 이룬 꿈에 대한 아쉬움으로 읽히기를 바랍니다. 이루어지지 않았기에 거듭 생각나고 더욱 애처로운 나날들. 흐릿한 기억과 나약한 의지로 시간의 간섭을 막아 낼 자신은 없습니다만, 좋은 게 좋다는 식으로 흘러가진 않겠습니다. 백 번의 불행 뒤에야 겨우 한 번 찾아오는 행복이니까요. 불행의 나무들이 빽빽하게 들어찬 숲, 그 안에서 펼쳐 보인 힘겨운 몸부림을 끝까지 되살리겠어요. 석노(石砮, 돌화살촉)로 상처를 덧나게 만들지라도, 그건 또 그것대로 두렵습니다. 지렁이와의 경주에서도 뒤지는 곽삭(郭索, 게)마냥 여기까지 적고 보니 스승이 지필묵을 멀리하신 이유를 알겠습니다. 이 느낌, 이 기억, 있는 것도 아니고 없는 것도 아닌, 들리는 것도 아니고 들리지 않는 것도 아닌 삶을 어찌 글로 표현할 수 있겠습니까. 끼적거린 글이 있더라도 공벽(孔壁, 공자가 살던 집의 벽)에 깊이 감출 일이거늘, 변화무쌍한 깨달음을 그대로 받아들이지 않고 나무나 돌처럼 보여 달라고 졸랐으니, 스승의 웃음은 전혀 이상한 것이 아닙니다.

허태휘 역시 스승과의 인연을 정리 중이니 태산을 오를 때처럼 숨 가쁘겠지요. 빠져 죽더라도 끝까지 사독(四瀆)을 헤엄칠 겁니다. 이 일이 전화위복처럼 구상(鳩像, 노인의 죽음을 막기 위해 지팡이에 새기는 비둘기 모양의 조각)의 역할을 할 지도 모르겠어요. 이 부족한 글을 마칠 때까지는 목숨을 이어 가려고 안간힘을 쓸 테니까요.

허태휘와 나는 부끄러움을 숨기기보다 드러내는 족속인 것 같습니다. 일찍이 스승은 우리 두 사람을 보거(輔車, 광대뼈와 잇몸. 서로 의존할 수밖에 없는 관계)와 같다고 하셨습니다. 집지(執贄, 처음 사제 관계를 맺은 때)의 선후를 따진다면 허태휘가 나보다 훨씬 위지만 세상 경험이야 아무래도 내 쪽이 낫겠지요. 추억을 위해 이런 부탁을 하지는 않았으리라는 생각도 듭니다. 스승은 주목받기를 원치 않으셨지만, 세인들이 우리를 올챙이 적에 꽃못에 빠졌다가 튀어나온 개구리 무리처럼 여기고 있으니, 이 또한 한 걸음 앞도 살피기 힘든 삶의 변화무쌍함이 아니겠는지요. 내가 나서서 이 일을 도모하는 것은 어울리지 않지만 허태휘의 뜻을 꺾어서도 아니 될 겁니다. 스승의 가르침이 구중궁궐까지 전해지려면 누군가 당상관의 반열에 올라야 하지 않겠어요. 허태휘라면 충분히 스승의 덕을 기리고 그 가르침을 탑전에 당당히 아뢸 재목이지요. 스승이 그를 일러 꽃못을 활활 피울 불땀머리(나무에서 화력이 가장 좋은 부분) 같다고 한 데에는 그만한 까닭이 있는 겁니다.

지는 잎 부는 바람에 놀라 마당으로 나갔다 들어왔습니다.

이 글에 등장할 사람들은 대부분 보황(輔荒, 상여 위에 씌우는 비단)에 덮여 구원(九原, 저승)으로 갔지요. 살아남은 이들도 이제는 너무 멀리 떨어져서 내가 흘린 눈물이랑(눈물이 흘러내린 자리) 보여 줄 수 없어요. 이 글은 단 한 사람에게 바치는 자줏빛 꽃향유 다발에 가깝습니다.

60에도 미치지 못하는 수(壽)를 120까지 늘리기 위해 아침저녁으로 태식(胎息, 신선술을 닦는 이들의 심호흡법)을 해야겠네요. 향등(香燈, 규방의 등불) 훤히 밝히고 맹주묵(猛州墨, 맹주 지방에서 생산되는 최상급의 먹)을 갈아야 할 테니까요. 호랑이보다도 더 강한 발톱으로 나 자신을 할퀴어 보겠습니다. 복숭아꽃에 앉은 꾀꼬리 울음 따라 뺨을 괸 손가락을 타고 하염없이 떨어지는 날들이여. 스승은 끝까지 나를 머물러 쉬게 하지 않고 저 시간 너머의 시간, 저 공간 너머의 공간으로 뻗어 가게 만드시는군요. 10년 전의 약조를 지키라고 하시는군요.

위험한 가계(家系)

  기억과 나를 하나로 묶으려는 노력은 엉뚱한 곳에서 바람벽에 부딪히곤 합니다. 전혀 기억나지 않는 사건의 주인공이 바로 나라는 이야기를 들으면, 내가 알지 못하는 나의 어리석음이 무수히 많은 것 같아서 두려워집니다. 사사로운 뜻도 끊고 기필하는 마음도 끊고 집착하는 마음도 끊고 나아가 나의 나다움도 끊어 버려야 한다지만 어찌 나인 것과 내가 아닌 것을 나누지 않고 이 세상을 살아갈 수 있겠는지요. 돌이 되기도 전에 마루로 기어 나와 섬돌에 머리를 부딪혔는데도 울지 않았다, 깊이 잠들었다가도 가야금 소리만 들으면 눈을 뜨고 방실방실 웃었다, 세 살 때는 어머니가 관아에 못 가도록 지팡이를 몰래 훔쳐 이불 속에 감추었다, 맹인의 딸이라고 놀리는 사내아이의 팔뚝을 반나절이나 물어뜯었다. 누가 가르쳐 주지 않았는데도 네 살이 되자 언문을 깨쳤다, 한양에 있는 아비를 찾아가겠다고 길을 나선 것을 회빈문(會賓門) 밖에서 붙들었다. 이게 과연 나일까요. 기억나지 않는다고 솔직히 고백할수록 더 윤똑똑이(저만 잘나고 영리한 체하는 사람) 취급을 받았지요. 해어화가되기 위한 배움의 길에서 조금이라도 나태한 모습을 보이면 어머니는 어김없이 이 끔찍한 일들을 들추어내셨어요. 섬돌에 부딪혀도 눈물 한 방울 흘리지 않던 독한 아이니까, 한 대 때릴 것을 열 대 때리고 열 대 때릴 것을 백 대 때려야 한다고 덧붙이셨답니다. 저 고집을 꺾지 않으면 올빼미나 부엉이와 같이 사악해질 것이라고도 했지요. 서러워 눈물 떨구면 어머니는 잉어무늬 임화경(臨畵鏡, 한쪽 면에 무늬를 조각한 거울)에 머리의 흉터를 비추고 엄지로 꾹꾹 누르기까지 했지요. 잘못을 아무리 숨기려 해도 서광경(曙光鏡, 매우 크고 맑은 거울)에 비친 달처럼 명명백백하다는 듯이.

외할머니의 하나뿐인 동생인 새끼할머니 진백무(陳白舞)는 송도 제일의 무기(舞妓, 춤에 재능이 있는 기생)였답니다.

행수기생(각 관아의 우두머리 기생)인 당신을 감히 새끼할머니라고 부르는 것은 나이에 비해 유난히 젊어 보인 탓도 있지만 늘 입꼬리에 이 새끼 저 새끼 욕을 물고 다녔기 때

문입니다. 외할아버지와 외할머니가 온역(瘟疫, 장티푸스)에
걸려 일찍 돌아가셨기에, 나를 돌보는 일은 온전히 새끼할
머니의 몫이었습니다. 수청방에서 물러난 지 10여 년이 흘
렀어도 의주로 가는 원접사(遠接使, 중국 사신을 맞는 임시 벼
슬) 일행이나 평양을 통해 들어오는 대국 사신을 맞을 때면
새끼할머니가 직접 춤사위를 선보였지요. 젊어 한때 선상
기(選上妓, 재주가 뛰어나 한양으로 뽑혀 올라간 기생)로 뽑혀 장
악원(掌樂院, 궁중에서 연주되는 음악 및 무용에 관한 일을 맡아 보
던 관청)에서 본격적으로 배웠다는 정재(呈才, 궁중 의식을 위
하여 만든 춤)를 출 때는 봄 아지랑이 사이를 어지러이 돌아
다니는 한 마리 나비와도 같았어요. 과교선(過橋仙)의 재빠
름과 낙화유수(落花流水)의 힘, 도수아(掉袖兒)의 흥겨움과
반수반불(半袖半拂)의 단정함, 비금사(飛金沙)와 사예거(斜曳
裾)의 현란함에 합선(合蟬)의 순박함까지, 새끼할머니는 열
여섯의 청순함에 쉰의 원숙함까지 더하여 검은 그림자가
희게 보일 만큼 좌중을 누볐지요. 동비지무(東鄙之舞, 동방 변
경의 유치한 춤)라고 업신여기던 대국 사신들도 연이어 손뼉
을 치며 탄성을 질렀답니다. 세조 대왕 시절의 네 기녀(궁
중 연회에 자주 불려 들어갔던 네 명의 기생. 옥부향, 자동선, 양대,
초요경)가 함께 덤벼도 결코 당할 수 없을 듯했지요. 어머니
의 가야금까지 곁들이면 미미지악(靡靡之樂, 은나라 주왕이 달

기와 즐기기 위해 만든 음악)이 어떠했는가를 능히 짐작하고도 남음이 있었습니다. 새끼할머니는 아무리 전두(纏頭, 사례금)를 많이 준다고 해도 사사로운 자리에 나가는 법이 없었지요. 돈벌이를 위해서라면 송악으로 돌아오지 않고 한양의 육조 거리 근처에 자리를 잡았을 것이라고 했습니다. 송도는 삶을 정돈하기에 좋은 곳이란다. 젊을 때는 감당할 수 없는 일에 덤벼들어도 제멋에 아름답지만, 늙어서까지 꽃불을 누르지 못하는 인간은 추하디추한 법이야.

송도로의 귀환은 또 다른 고민의 시작이었어요. 자신의 나이에 걸맞게 살아가는 것은 결코 쉬운 일이 아니랍니다. 지금에 와서야 문득문득 새끼할머니의 단호함이 폐부를 깊숙이 찌르네요. 나는 너무 빠르거나 지나치게 느린 아이였습니다. 초현달(반달)처럼 절반의 여유를 품지 못하고, 필요 이상으로 시끄럽거나 벙어리보다도 더 조용했으니까요. 아, 이것이었나요. 그 여름 온종일 나성을 돌고 선죽교 아래로 댓잎 하나 떨어뜨린 이유, 만월대 돌계단 아래에서 두 팔 벌려 한 바퀴 빙그르르 돈 까닭 말이에요.

새끼할머니는 또한 천문(별자리)에도 밝았지요.

감여지(堪輿誌, 천문 지리서)를 아침저녁으로 읽고, 손바닥에 「천상열차분야지도」(조선 태조 때 만든 천문도)를 올려놓은 것처럼 밤하늘을 종횡으로 누볐어요. 작은 움직임 하나도 놓치지 않는 살아 있는 이루(離婁, 눈이 밝은 사람)였답니다. 별똥비를 처음 보여 준 것도 새끼할머니였고 하늘나라의 도서관 벽수(壁宿, 별자리의 하나)도 새끼할머니의 손가락 끝으로 살폈답니다. 두 별이 밝게 빛나면 천하의 책이 다 모이고 도가 이루어지며 소인배가 물러가고 군자가 나아오지만, 두 별의 밝기가 달라지거나 빛이 바래면 군왕이 문(文)보다 무(武)를 높이 섬기고 천하의 책이 숨어 버리는 액운이 나타난다고 하였습니다. 그 별빛 아래에서 청주와 탁주를 소나기처럼 마시기도 했지요. 엄군평(嚴君平, 촉나라 사람으로 점술의 대가)도 새끼할머니만큼 만물의 조짐을 살피지는 못했을 겁니다.

어느 봄 구름 한 점 없이 맑은 밤에는 서성거리는 달을 끌어들이기 위해 소복 차림의 흰 그림자로 너울거리기도 했고, 어느 가을 보슬비가 실낱처럼 돌다리를 적시는 밤에는 예성강에 비선(飛船)을 띄우고 타고(鼉鼓, 악어 가죽으로 만든 북)에 맞춰 새벽까지 붉은 눈물과 한숨을 풀어 흩었지요. 세월은 강물처럼 흐르나니 100년 삶도 한순간이구나. 빗발은 허공을 가로질러 멀고 파도 소리 땅을 말아 돌아오는 이곳이야말로 정녕 나의 무덤일진저. 남극성(南極星, 인간의 수명을 주재하는 별) 바라보며 두 손 모아 무엇하리.

어머니를 대신하여 소미성(少微星, 처사에 해당하는 별)이

품으로 들어오는 태몽을 꾼 이도, 해산 날에 오색구름을 보고 길하다며 즐거워한 이도 새끼할머니였습니다. 관서로 여행을 나온 동봉노인(東峯老人, 김시습)에게 가르침을 받기도 하였답니다. 자하동의 와가(기와집)로 초청하여 열흘 밤 열흘 낮을 즐겼고 새로 만든 학춤 덕분에 율시도 한 수 건네받았다고 자랑이 대단했지요. 한 해가 다 가도록 문밖출입을 않고 춤과 시에 묻혀 지내겠다고까지 했답니다. 어제도 잊고 오늘도 잊고 내일도 잊었다는군요. 새끼할머니의 화려한 기억에 흠집을 내고 싶지는 않지만, 지금 돌이켜 당신의 시를 살피니 지나치게 단조롭고 운(韻)에 맞지 않는 부분이 적지 않네요. 시를 외우는 솜씨는 뛰어났으나, 당신은 역시 시기(詩妓, 시에 재주가 있는 기생)라기보다 무기였어요.

호상(胡床, 접는 의자)에 앉아서 밤하늘을 우러르던 새끼할머니의 두 눈이 한껏 물오른 단감처럼 커졌습니다. 코끝에는 붉은 기운마저 감돌았고 두 팔은 가볍게 떨렸지요. 늑대별인 천랑성(天狼星)의 운명을 타고난 아이. 골방에 가두어 두고 키워 그 기를 꺾는 것이 유일한 방책이며 바깥세상을 알아 갈수록 슬픔이 점점 눈덩이처럼 커진다고 했어요. 시간에 순종하지 않는 것은 물론이거니와 마음에 드는 탑을 쌓을 수 없다면 스스로 목숨을 끊을 것이라고도 했습니다. 나의 앞날이 실타래처럼 별자리에서 흘러나온다는 새끼할머니의 주장을 믿지는 않았어요. 내가 의지한 쪽은 차라리 당신의 풍족한 경험이었습니다. 세월의 흔적이 고스란히 묻어 있는 살집 붙은 얼굴을 오랫동안 찬찬히, 대국으로 가는 호랑이발톱노리개(호랑이발톱 문양이 새겨진 노리개)를 구경하듯 들여다보았지요. 새끼할머니는 길고 굵은 손가락 마디를 뽐내며 각궁에 효시를 끼우고 천랑성을 쏘는 시늉도 하였지만 밤하늘의 별을 맞추기에는 힘도 부족하고 눈도 침침하였습니다. 어린 시절 늑대들이 그렇게 자주 꿈을 휘저은 것도 새끼할머니가 나의 삶을 천랑성에 비겼기 때문입니다. 내가 보낸 세월은 거친 황야를 달리는 늑대의 그것과 크게 다르지 않습니다. 천랑성은 새끼할머니의 별자리이기도 하지요. 새끼할머니의 밝은 눈빛과 열린 가슴도 그곳에서부터 비롯되었습니다. 당신은 꼭 반가(班家)의 사대부로 환생하겠다고 입버릇처럼 말했지요. 미천한 여자는 이 세상에서 할 일이 없다며 눈물을 비치기도 했습니다. 새끼할머니에게도 사랑의 기쁨과 이별의 아픔이 있었겠지만 한 번도 그 곡진한 사연을 들려주지 않았지요. 만수산 봉우리에 해가 반쯤 물릴 때 흘러나오는 한숨으로부터 아련한 시절을 짐작할 뿐이었습니다.

새끼할머니는 자주 병서(兵書)를 인용했습니다. 특히 적을 공격하는 법을 유심히 살폈습니다. 기세는 적군의 움직임에 따르고 변화는 진 사이에서 생기며 권모술수는 무궁한 근원에서 비롯되는 까닭을 세필로 진법을 그려 가며 설명하였지요. 모조리 참하여 수급을 소금에 절인 후에야 전투를 마칠 만큼 결코 용서할 수 없는 적. 사내를 믿느니 변덕 심한 여름 소나기를 따르겠노라. 평생 술상 한번 엎은 적 없는 새끼할머니지만 가슴에는 항상 불덩어리가 끓고 머리 위에는 참창성((攙搶星, 병란의 조짐을 알리는 혜성)이 빛났던 겁니다. 칼끝으로 모서리를 깎아 보지 않더라도 그 속이 얼마나 붉은지 알지요. 욕이 쏟아지기 전에 자리를 피했습니다. 가끔 혼자 있을 때면 그 시절의 욕들을 혀끝에 올려 보곤 합니다. 단순한 울분이라기보다 무너지지 않으려는 노력이었다는 걸 이제야 조금씩 깨닫는 것이지요.

내가 관기 생활을 접기 직전, 새끼할머니는 한 달 남짓 모습을 감추었다가 예성강에 홀로 떠올랐지요. 살점이란 살점은 물고기들이 몽땅 뜯어먹은 뒤였기에 얼굴을 알아보기도 힘겨웠어요. 대국 사신이 춤값으로 두고 간 파란매죽문비녀를 헝클어진 머리칼에서 발견하고서야 겨우 새끼할머니의 죽음을 확인했지요. 열흘 꼬박 식음을 전폐하고 뜬 눈으로 밤을 지새웠습니다. 평생의 아픔. 혀가 얼고 입술이

갈라 터졌지요. 피눈물을 뿌리며 방바닥을 돌고 돌고 또 돌았답니다. 채 만들어지지 않은 짐승의 말들이 가슴을 찔러 댔어요. 우우우. 누가 이 여자를 홀로 죽게 했는가. 우우우. 무엇이 이 여자의 삶을 엉망진창 헝클어 놓았는가. 가까운 족친을 잃은 슬픔이나 춤과 노래와 시를 가르쳐 준 스승에 대한 예우만은 아니었습니다. 새끼할머니의 참담한 몸이 곧 먼 훗날의 내 것과 같다는 느낌이 들었지요. 이렇게 한번 나뉘었다가 만 리 길을 돌아 다시 송도 근방 강가에서 시체로 마주칠 것이란 생각을 하니 잠을 이룰 수 없었습니다. 빈속에 구토를 하고 천랑성을 향해 침을 뱉어 댔지요.

나의 어머니 진현금(陳玄琴)은 만년 소녀였어요.

평생 가야금을 끼고 지내야만 하는 현수(絃首, 가야금이나 거문고를 연주하는 악사)는 자신들이 다루는 악기를 닮아 목소리도 곱고 얼굴도 맑은 법이지요. 어머니는 눈까지 멀어 세상의 추악한 풍광을 접하지 않아도 되었답니다. 오로지 마음의 거울로 참과 거짓을 분별하면 그만이었지요. 처음부터 맹녀(盲女)는 아니었습니다. 푸른 하늘 높이 나는 솔개 깃털의 흐름까지 살필 정도였지요. 눈이 먼 후에도 그 시절의 몇몇 장면들은 캄캄한 어둠 위로 또렷하게 떠오른다고 합니다. 첨성대(고려의 천문 관측 시설) 기둥에 기대어 바라보던 은하(銀河), 불일사 오층탑 위에 걸린 흰 구름, 선죽교와 낙타교를 타고 내리던 배천의 고요하고 푸른 강물, 배천 좌우의 서랑과 동랑을 오가며 흥정을 벌이는 장사치들의 빠른 몸놀림. 겨우 네댓 살 적의 기억이건만 색깔이나 모양은 물론 크기나 넓이도 틀린 적이 없지요. 어머니는 마음의 샛별눈으로 본다고 하였습니다. 그 눈으로 모든 것을 볼 수는 없지만 우리가 보지 못하는 것들을 발견하기도 했지요. 평범한 자리에 서서 이미 사라지고 없는 무엇인가를 떠올리는 당신은 하늘의 침묵을 대신 말하는 시인이었습니다. 오직 어머니만이 부재(不在) 위에 존재의 아름다움을 덧씌울 수 있었지요. 어머니의 말이 사실인지를 판명할 수는 없었답니다. 텅 빈 공간에서 존재를 느끼는 이는 오직 당신뿐이었으니까요. 사광(師曠, 소리를 잘 듣기 위해 스스로 눈을 찔러 맹인이 된 진나라의 유명한 악사)도 어머니에게는 미치지 못할 겁니다.

어머니는 천하의 거짓말쟁이였습니다.

일곱 살 나던 해 겨울, 눈이 침침해지면서부터 거짓말을 시작했다는 당신의 이야기 역시 거짓이 분명합니다. 어머니에게 찾아든 불행은 갑작스러운 돌풍이 아니었지요. 어머니가 세상에 태어났을 때 외할머니는 이미 맹인이었습니다. 외할머니 역시 처음에는 천리안을 자랑하다가 일곱 살

무렵부터 눈이 나빠지기 시작했지요. 어머니는 그런 외할머니의 이야기를 들으며 자신도 열 살이 넘기 전에 앞을 못보게 되리라 상상했을 겁니다. 외할머니의 지팡이를 들고 눈을 꼭 감은 채 마당을 돌아다닌 것도 그 때문입니다. 눈이 먼 충격이 어머니를 거짓말쟁이로 탈바꿈시켰다는 외숙부의 말씀도 믿기 힘듭니다.

　눈으로 보는 것보다도 더 자세히 만물을 묘사하는 맹인의 이야기가 신비롭긴 하지요. 시간의 층에 풍광을 끼워 넣어 병풍처럼 펼칠 때는 어머니의 입안에서 송도의 역사가 잠자고 있는 듯한 착각도 일었습니다. 어머니는 시간을 미리 보고 다정스럽게 만지며 깔끔하게 정리하는 법을 알았던 것입니다. 밤이 가면 낮이 오고 또 밤이 오면 하루가 지나는 것이 아니었지요. 이야기의 시작과 함께 하루가 열리고 이야기의 끝과 함께 하루가 접힌다고나 할까요. 당신은 아무리 긴 이야기도 하루 이상을 한 적이 없답니다. 똑같은 이야기를 두 번 되풀이하지도 않았지요. 같은 이야기도 인물을 바꾸거나 장소를 바꾸고 날씨를 바꾸어 전혀 다른 빛깔로 꾸며 냈어요. 정말 고칠 부분이 없을 때는 노래라도 한 자락 끼워 넣었답니다. 눈먼 여자를 경계하며 멀리서 이야기를 듣던 아이들도 무릎이 닿을 만큼 가까이 당겨 앉습니다. 당신은 이야기를 하다 말고 묻곤 하지요. 썩은 동아줄에 매달린 호랑이는 어떻게 되었을까? 살았어요! 하는 아이가 많을 때도 있고, 죽었어요! 하는 아이가 많을 때도 있었답니다. 어머니는 아이들이 원하는 쪽으로 이야기를 몰아갑니다. 옛날부터 전해 내려오는 이야기와 전혀 다르게 마무리를 짓더라도 어머니는 개의치 않았어요.

가관(加冠, 머리 올리기)을 마친 후에도 양 손바닥으로 눈을 비비는 경우가 잦았지요. 외할머니의 천형이 어머니에게 전해졌듯이 이번에는 내 차례라고 여겼던 겁니다.

한 치 앞을 살필 수 없는 날이 와도 어머니처럼 체념할 수 있을까. 불행을 운명으로 받아들일 수 있을까. 서벅돌(물러서 잘 부스러지는 돌)처럼 부스러지지 않기 위해 즐거운 이야기를 끝도 없이 뱉어 낼 수 있을까. 두 눈이 성한 자들을 미워하지 않고 살 수 있을까.

다행히 운명의 화살은 내 눈을 비껴갔지만 그 대신 많은 업을 짊어져야 했지요. 눈이라도 멀었다면 이별도 가장 늦게 깨달았을 테고, 이별한 후에도 항상 님이 곁에 있다 여겼을 테고, 홀로 늙은 얼굴을 살필 필요도 없었을 겁니다. 지천명(知天命, 쉰 살)이 가까운 지금은 이렇게 여유도 부려 보지만, 그때는 어머니처럼 눈먼 거짓말쟁이가 될까 두려웠습니다. 눈을 더욱 크고 동그랗게 뜬 채 글을 읽고 거문고를 켰지요.

겨울을 보낸 후 다시 봄바람을 맞으며 꽃가지를 틔우는 나무들처럼, 어머니는 늙어 가면서도 또한 순간순간 젊어졌답니다. 늙음을 당신의 눈으로 확인하지 않았기에 영원히 푸르를 수 있었던 것일까요. 어머니의 천형을 물려받았더라면 나 역시 현수가 되어 가야금이나 거문고를 안고 뒹굴었을까요. 두려움을 벗고 아득한 어둠 속으로 가라앉을 수 있었을까요. 눈으로 세상을 읽는 것이 아니라 손과 발, 가슴과 등, 나아가 마음으로 비비고 깨물고 꼬집었을까요.

진(眞). 참된 자. 그것이 어머니의 바람이었답니다. 당신은 비록 거짓말로 이 세상을 꾸몄지만 나만은 참된 길로 가기를 원했던 것이지요. 삶을 스스로 택할 권리를 처음부터 잃어버린 것인지도 모르겠네요. 진이라 불리는 사람이 거짓으로 세상을 살아가기란 얼마나 힘든 일입니까. 거짓을 부리고픈 적도 많았지만 그때마다 번번이 포기해야 했답니다. 어머니가 내게 남긴 그 어떤 유산보다도 '진'이라는 글자 하나의 위력이 컸던 것이지요. 참도 불쾌하고 거짓도 불쾌하니 그 둘 전부를 마음에 담지 않고 살아야 한다는 깨달음을 얻을 때까지, 참된 곳 하나만을 향해 성난 사자처럼 달려들었지요. 과연 그 방법밖에 없었을까요. 둥글고 부드럽게 감싸 안거나 두 눈 꼭 감고 지나쳐야 하는 자리에서도 지나치게 밝고 곧은 길만을 고집하여 귀중한 삶의 가르침들을 놓친 것은 아닐까요.

어머니는 돌멩이를 쥐듯 다섯 손가락을 모으고 세상과 만났지요. 팔목만 쥐고도 상대방의 감정을 읽어 냈답니다. 상대가 지닌 물건을 만지는 것으로도 성품을 논할 정도였지요. 약한 사람이 어찌 강한 물건을 즐기고 강한 사람이 어찌 약한 물건을 좋아하겠니. 얼굴은 꾸밀 수 있으나 살갗은 거짓을 모른단다. 유독 두꺼운 옷만 고집하신 까닭도 그 때문인가요. 해웃값(解衣債, 기생과 잠자리를 같이하는 값)이 아무리 두둑하더라도 결코 옷을 벗지 않은 것도 자신의 감정을 들키기 싫었던 탓인지 모르겠어요. 선연동(嬋娟洞, 평양 기생들의 무덤이 있는 곳)으로 돌아갈 때까지 어머니는 한 사내에게만 살갗을 허락했다고 누누이 자랑했지요. 그 말이 거짓으로 판명 난 후에도 끝까지 버텼습니다. 동심결(同心結)을 주고 합환선(合歡扇)을 받는다 해도 사람의 마음이란 천만 번도 더 변하는 법이 아닙니까.

그래요. 당신은 당신의 입에서 나온 말이면 무조건 참이라고 우겼답니다. 하나의 거짓을 참으로 둔갑시키기 위해 더 높고 가파른 이야기들을 만들어 냈어요. 그 솜씨는 재아(宰我)나 자공(子貢)보다도* 뛰어났습니다. 이야기야말로 세

---

*두 사람 모두 공자의 제자로 언어에 뛰어났다.

월과 싸워 이기는 유일한 방책이었어요. 과연 그것이 가능한 일이었을까요. 당신이 만든 당신만의 시간을 뒤지고 있노라면 이 모두가 나를 놀리려는 거대한 농담이라는 생각도 든답니다. 허허실실(虛虛實實). 당신은 시간을 노끈으로 꽁꽁 묶지도 않았고 자물쇠로 단단히 잠그지도 않았습니다. 당신의 시간을 통째로 가져갈까 두려웠기 때문인가요. 나와 관련된 일들, 특히 내 기억이 미치지 않는 시절을 회고하며 흐뭇해하던 어머니의 모습은 나에 대한 당신의 끝없는 애정을 확인시켰지요. 나를 낳고 사흘 동안 방에 울금향이 가득했다는 이야기는 웃어넘기더라도 돌도 되기 전에 가야금을 뜯었고 세 살부터 추임새를 넣어 가며 단가(短歌)를 불렀다는 자랑을 들을 때면 내 얼굴이 화끈거렸답니다. 넌 기억 못하겠지만 틀림없는 사실이라고, 마음씨 좋은 외숙부까지 질청(아전들이 업무를 처리하던 청사)에서 끌어내어 증인으로 세웠습니다. 흘림〔流音, 빠른 글씨로 적은 초벌 문서〕을 정서하던 외숙부는 눈먼 누이의 말이라면 무조건 옳다 옳다 했지요. 어머니는 어깨를 으쓱 들어 올리며 다섯 살에 내가 외웠다는 우돌(于咄, 고려 시대 기생)의 시로 넘어갔습니다.

당신은 더럽고 추한 일을 아름답게 만드는 솜씨가 빼어났지요. 눈먼 몸으로 딸자식을 키운 원망마저 첫 마음을 허락하던 날을 더욱 아름답게 만들기 위한 방편으로 썼으니까요. 새끼할머니가 술로 붉은 마음을 달랬다면 어머니는 거짓말로 그 모든 절망의 두릿그물을 빠져나간 겁니다. 항상 취해 방비(芳菲, 꽃향기)를 노래하든, 지금의 비참함마저 행복을 추억하기 위한 방책이라 여기든, 현실은 변하지 않아요. 만리장성처럼 거대한 벽. 그 너머로 감히 나아가겠다는 결심을 못한 겁니다. 일찍이 스승은 내게 부딪혀 넘어서려고만 말고 미묘현통(微妙玄通)의 길을 배우라 하셨지요. 그 벽에 이마를 찧고 피 흘려 만신창이가 되었던 순간을 짐작하셨던 겁니다.

새끼할머니나 어머니의 가르침을 청개구리처럼 외면하며 여기까지 왔습니다. 막힐 때가 많은 인생길에서 평안한 말년을 늘 살펴야 하는 법이지만, 사내들을 대할 때마다 몸을 낮추고 뜻을 나직이 하며 오직 순종할 뿐 어긋남이 없도록 살 수는 없었답니다. 가시버시(부부)의 유별은 어디에서 오고 신분의 귀천은 어디로부터 비롯되는가를 밝히고 싶었지요. 부술 것은 부수고 바꿀 것은 바꾸고 싶었습니다. 어제 홍원자(紅圓子, 배가 아플 때 먹는 환약) 한 통 들고 황매(黃梅, 노랗게 익은 매실) 바람 따라서* 이 누추한 곳을 다녀

---

* 음력 4월 말에서 5월 초를 뜻한다.

간 허태휘가 당신의 삶은 무엇이었느냐고 묻더군요. 인간의 길을 배우고 싶었다 했더니 크게 너털웃음을 터뜨렸습니다. 그를 보낸 후 나를 낳은 아버지란 사내를 떠올렸다가 이내 고개를 돌렸지요. 처음부터 내겐 아버지가 없었어요. 내 이름 앞에 붙은 '황(黃)'이란 글자도 떼어 버린 지 오래입니다. 가계를 밝혀야 한다면 황진이가 아니라 진(陳)진이가 옳겠지요. 위험하다, 위험해! 새끼할머니와 어머니의 목소리가 들리네요. 세상 밖으로 나아가 멋대로 사는 것이 훨씬 속 편한 일이란 것을 당신들께 어떻게 설명할 수 있을까요. 그건 정말 두 분을 향한 사랑을 보여 드리는 것만큼 힘든 일입니다.

탄생

성모당 여섯 신상(神像)의 머리에 씌워진 관이 한꺼번에 떨어졌습니다. 연지분이 피로 변하여 십천(十川)을 물들였지요. 쉰에 다가갈수록 망연해지는 듯하더니 드디어 마지막 불행이 내 앞에 서는가 싶네요. 죽음이라면 당연히 혼자 겪는 것이 옳습니다. 성모당이나 십천이 곤란해지는 것을 원치 않습니다. 은비현(銀箆峴)을 거치고 병부교(兵部橋)를 지나서 100여 구비를 맴돌아 올라야 닿을 수 있는 곳이기에 당(堂)의 안위를 살필 엄두도 내지 못했지요. 사로잠(불안 때문에 깊이 들지 못한 잠)을 깬 후 악몽이나 곱씹으며 앉아 있을 수 없어 아침도 거르고 꽃못을 떠났습니다. 구름비단 병풍(새벽 안개)에 싸인 사현(沙峴)을 넘고 수창궁(壽昌宮)에 이르러 검극이 늘어선 것 같은 고목나무 아래에서 잠시 숨을 돌렸답니다. 연화풍(楝花風, 늦봄 멀구슬나무에 꽃이 필 무렵 부는 바람)이 언뜻 겨드랑이를 스쳐도 옛 가지는 다시 꽃필 마음이 없는 것이겠지요. 구십춘광(九十春光, 봄날 90일간의 햇볕) 그리는 어리석음은 오로지 늙음에 이른 자의 몫입니다. 뒤따르던 푸른 얼굴의 동기(童妓)가 안색을 살피며 돌아가기를 청하지만, 피로 물든 십천이 멀지 않았고 다리만 지나면 연복사(演福寺)의 우뚝 솟은 오층각과 마주하기에 흐르는 땀을 훔치며 걸음을 재촉했답니다. 절의 동편 종각에는 퇴려(종의 꼭지)가 아름다운 큰 종이 달려 있습니다. 생전에 스승은 그 소리를 좋아하셨지요. 주지 스님의 배려로 직접 종을 칠 때 당신의 얼굴은 일곱 살 미소년의 그것처럼 맑기까지 했습니다. 가만히 듣고 있노라면 어떤 오묘함이 묻어났습니다. 그 소리에 의지해서라도 성모당 여신들을 뵙고 싶네요. 꽃못을 나서기 전에 잠시 서죽(筮竹, 점을 칠 때 쓰는 산가지)을 잡고 십팔변(十八變, 서법(筮法)의 하나)으로 세상을 살폈습니다. 지천태(地天泰). 작은 것이 가고 큰 것이 돌아온다, 길하여 통한다고 하니, 내게 아직도 돌아올 무엇인가가 남았나 보네요. 이제는 아무리 작은 것이라도 모두 사양하고 석호지농(石戶之農, 순임금 시대의 은군자(隱君子))의 뒤를 따르고 싶습니다. 약해지지 말라는 허태휘의 당부는 나의 이런 마음을 미리 살핀 탓입니다. 만월대까지 둘러보고 싶었지만 눈가에 물기라도 맺힐까 저어하여 발걸음을 돌렸답니다. 가을 같은 늦봄에는 함부로 나돌지 말아라. 봄은 송도 사람들에게 만물의 태동을 알리는 계절이 아니라 그 움직임 밖에서 더 이상 움직이지 못하는 것들을 그리워하는 계절이니까요. 고인(古人)의 글을 애오라지 읽으며 백 년 광음을 보내는 상상에 익숙해진 지 오래입니다. 그 많은 차별과 설움을 꿋꿋하게 견딜 수 있었던 것도 멀어질수록 더 크고 눈부신 세월의 무게 때문인지 모르겠습니다. 송악이 아닌 다른 곳에서 태어나 자랐다면 많은 것을 몰랐을 테지요. 만월대를 한번 둘러보는 것만으로도 500년 왕업이 피리 소리처럼 사라지는 슬픔에 젖는답니다. 사간원과 사헌부 자리는 빈 터만 남았고 동지(東池)도 모두 메워져 논이 되었어요. 가시덩굴에 덮인 선조들의 발자국을 가늠하다 보면 저절로 인어구슬(눈물)이 고이고 절구든 율시든 쏟아 내지 않고는 견딜 수 없는 지경에 이르지요. 아아! 태평연월은 정녕 꿈이었나 봅니다. 꽃에 눈물 뿌리며 성문을 나와서도 또 한참이나 길을 찾지 못하고 서성거렸답니다. 돌이킬 수 없는 일들, 돌아갈 수 없는 곳들이 점점 늘어나는 것이 인생일까요.

아버지와 어머니의 수줍은 만남과 뜨거운 사랑, 찐득찐

득한 이별은 내 밖의 일들이지요. 허태휘는 몇몇 소문들을 모아 주며 답을 기다리는 눈치였습니다. 예전에도 여러 차례 나의 출생을 알고 싶어 하는 눈들이 있었지요. 그때마다 침묵의 뒷방으로 숨었습니다. 나와 상관없이 시작된 인생이 아니라 내가 스스로 정한 첫 순간부터 붓을 놀리고 싶었지만, 송악을 둘러보고 마음이 바뀌었지요. 지나간 왕조의 도읍지가 내 삶의 젖줄이듯이, 아무리 지워 버리려고 해도 나의 나다움을 만든 순간들이 병부교에서 시작됨을 바꿀 수 없었습니다. 아버지의 얼굴을 수십 번 더듬었을 어머니의 설명에 따르자면, 나의 부리부리한 눈과 큰 입은 아버지의 흔적이 분명하지요. 어디 그뿐이겠습니까. 튀어나온 무릎뼈와 자주 갈라지는 손톱, 유난히 붉고 두툼한 아랫입술, 기름이 엉긴 것 같은 피부, 옻칠을 찍어 놓은 듯한 눈동자, 산딸기와 꽁치를 먹으면 온몸에 두드러기가 생기는 것까지 닮았어요. 내 안에서 아버지의 흔적이 불쑥불쑥 나타날 때마다 너무 끔찍해서 당장이라도 지우고 싶었답니다. 목을 조르고 죽음의 구렁텅이로 이끄는 단 하나의 병(病), 그게 바로 아버지였지요.

그는 단 한 번도 나에게 아버지다운 모습을 보여 주지 않았어요. 얼녀(양반과 천민 여성 사이에서 낳은 딸)라는 사실에 몸서리를 친 후로는 아버지와 비슷한 것이라면 털끝 하나도 가까이하지 않으려고 애썼습니다. 황 모의 글재주가 황씨 문중으로부터 왔다는 허언(虛言)을 듣거나 아버지의 도움으로 많은 서책을 섭렵하지 않았느냐는 질문을 받을 때면, 내가 얼마나 아버지를 원망하는지를 보여 주지 못하는 것이 한스러웠답니다. 나는 아버지로부터 단 한 권의 서책도 받은 적이 없고 세상을 사는 시시콜콜한 이치도 얻어듣지 못했습니다. 우러러볼수록 더욱 높고 뚫어 볼수록 더욱 곧은 아비가 몇이나 될까요.

지금은 아버지에 대한 원망이 그리움의 다른 이름임을 압니다. 내 삶을 힘겹게 만든 책임을 어찌 아버지에게만 돌릴 수 있겠습니까. 다만 같은 집에서 정을 나누며 살 운명이 아니었던 게지요. 그 용기 없음이 지금도 아쉽고 안타깝지만 대장부로서의 당당함을 바라는 것은 너무 큰 욕심이겠지요. 눈먼 기생과의 사랑은 멋있고 즐겁고 신기한 일이겠지만 그녀의 지아비가 되는 것은 많은 희생이 따릅니다. 아버지는 그 일을 감당하기에는 너무 그릇이 작았지요. 눈먼 여자도 거두지 못하는 자가 어찌 그 딸까지 보듬을 수 있었겠습니까. 조선의 사와 대부라면 열 중 아홉은 그처럼 했겠지요. 정말 참기 힘들었던 것은 지극히 평범하고 옹졸한 사내를 향한 어머니의 끝 모를 그리움과 그와 나를 부녀로 묶어 두려는 음험한 눈길이었습니다. 진사의 얼녀라면 위안이 되었던 걸까요. 그가 과연 진사인지 확인한 적도 없답니다. 어머니를 만났을 때는 겁 많은 서생이었으니까요. 계속 책을 읽었을 테고 관기를 가까이 둘 만큼 재력도 있었으니 초시에 합격하여 진사가 되었다고 해도 이상한 일은 아니지요. 그 시절을 그리워하는 어머니의 들뜬 얼굴을 볼 때마다 가슴이 저렸답니다.

어머니는 무여열반(無餘涅槃, 죽은 뒤 들어가는 열반)에 들 때까지 아버지를 아름답게만 추억하였지요. 병부교에서의 만남은, 거짓말 하나 보태지 않고 100번 아니 200번은 들었을 겁니다. 당신은 열여덟 살이 되기도 전에 풍류가야금(아악이나 정악에서 사용되는 가야금)을 제대로 타는 송도 유일의 현수였지요. 특히 왼손을 잘 놀려, 그 농현(弄絃, 식지와 장지를 모아서 그 끝으로 연주하는 기법)의 현란함은 봉황이 하늘을 날고 기린이 광야를 달리는 듯했답니다.「우조다스림」이나「여민락」,「밑도들이」등을 자유자재로 연주하여 듣는 이의 마음을 끊어 타기도 하고 막아 타기도 하였지요. 어머니는 병부교에서 아버지를 처음 만났다고 하였지만 아버지는 이미 어머니의 이름을 익히 들었을 것이고, 동산의 아름다운 풍광을 독차지하는 작은 매화처럼 어여쁜 얼굴을 구름발치(구름 언저리)에서나마 훔쳐보기도 했겠지요.

그날 어머니가 병부교로 간 것은 관아에서 물질하는 아낙들에게 이끌려서였어요. 춘삼월 꽃 시절을 방에 갇혀 안족(雁足, 가야금의 줄을 받치는 기러기발)이나 매만지며 보내는 것보다 낫겠거니 여기고 못 이기는 척 따라나섰던 것이지요. 삼보(三寶, 귀, 입, 눈)에서 하나가 빠지는 어머니를 굳이 데려간 까닭은 빨래하는 틈틈이 고운 노랫가락을 즐기기 위함이었답니다. 가야금 솜씨에는 미치지 못하지만 세악(細樂, 아주 맑고 가는 음악)에 능한 맹인 처녀의 목소리는 지는 달에 화답하는 기러기 소리처럼 긴 여운을 남겼지요. 무엇이 그리 슬프냐고 물으려다가도 노래에 빠진 그녀의 두 눈에서 흘러내리는 눈물을 보곤 고개를 끄덕이지 않을 수 없었어요. 고개를 약간 들고 가시리 가시리잇고를 시작하여 셜온 님 보내옵노니 가시는 듯 도셔오쇼셔에 닿으면 주위는 이별의 슬픔이 넘쳐흘렀지요. 아버지가 옥홍(玉虹, 다리)에 기대어 아래를 내려다본 것은 바로 그 순간이었답니다. 천마산(天磨山)에 사냥이라도 다녀오는 길이었을까요. 융복 차림의 청년은 노시(盧矢, 검게 칠한 화살)가 담긴 대나무 전통(화살을 담는 통)을 메고 서비(犀比, 요대 장식품)와 함께 토끼 한 마리를 전대에 찼다는군요. 이상한 기운을 느낀 아낙들이 일제히 고개를 들자 청년은 왼손으로 주립(朱笠)을 내리며 뒷걸음질 쳤지요.

아낙들의 수군거림을 들은 어머니는 쿵쿵거리는 가슴을 진정시키지 못해 해가 질 때까지 노래를 한 곡도 더 부를 수 없었답니다. 입만 열면 숨이 턱 막혔다나요. 어머니는 그것이 바로 사랑의 힘이라고 했습니다. 천생배필이 왔음을 알았다는 것이지요. 아낙들이 돌아간 후 홀로 다리 아래에 머무른 것도 님이 다시 올 것을 알았기 때문이었냐고 물었더니 크게 고개를 끄덕였습니다. 함께할 사람 아무도 없이 가야금만 마주하고 지내기에 지쳤는지도 모릅니다. 그 전에 아버지와 만난 적이 있지는 않았을까요. 답답한 기방이 아닌 병부교 다리 아래에서의 멋진 만남을 은밀히 약조한 것은 아니었을까요. 어머니가 끝까지 고개를 저으니 증명할 길은 없지만 눈먼 처녀의 보이지 않는 사랑은 지금도 받아들일 수 없답니다. 말 한마디 건네지 않은 사내의 용모만 듣고 어찌 자기 사람임을 알 수 있겠습니까. 영웅호걸이 모두 남으로 옮겨 가는 바람에 송도의 저잣거리가 텅 비었더라도 어머니의 선택은 너무 빨랐지요. 떨리는 예감이 아니라 지독한 고집에 가까울 만큼. 아버지를 향한 어머니의 집착이 모든 걸 처음부터 바꿔 버렸는지도 모르겠습니다. 송백같이 굳은 절개로 두 마음을 먹지 않는다고 하더라도 기생은 한낱 기생인 것을. 사랑하는 마음은 다 같다지만 기생의 사랑과 양반집 규수의 사랑이 어찌 같을 리 있겠습니까.

돌아온 아버지가 노래부터 부르기 시작한 것도 이상합니다. 처음 만난 여자가 마음에 들면 멀리서 조용히 뒤를 따르는 것이 보통이지요. 목청부터 자랑하는 것은 있을 수 없는 일입니다. 지음(知音). 말 그대로 음이 무엇인가를 아는 어머니에게 취향이 같음을 드러내기 위함이었겠지요. 당신의 풍류가야금에 맞춰 시간 가는 줄 모르고 이런 노래를 뽑고 싶소이다. 어머니의 이름과 얼굴, 신분을 알았던 겁니다. 그때 부른 곡목이 무엇인지는 확실하지 않습니다. 어머니는 처음에 장난처럼 「사모곡(思母曲)」이라고 했다가 내가 거문고를 배우기 시작할 즈음에는 약간 얼굴을 붉히며 「정과정(鄭瓜亭)」이라고 했고 임종 직전에는 그저 일편단심이 담긴 포은(圃隱, 정몽주)의 시조였다고 했지요. 그날의 대담함을 염두에 둔다면 「쌍화점」 엇비슷한 노래가 아니었을까요. 아버지가 노래를 부르는 동안 어머니는 무엇을 하였느냐고 물어보았지요. 뒤돌아 서서 고개만 푹 숙인 채 서 있었다는군요. 열여덟의 부끄러움이겠지요. 그 소리가 연조(燕趙)의 비가(悲歌)*보다도 더 가슴을 울린 후로는 비스듬히 고개를 들고 귀를 쫑긋 세웠을 테구요. 노래가 끝날 즈음에는 저도 모르게 입술을 떼어 가야금 소리를 내었

---

* 연나라와 조나라의 우국지사들이 나라를 걱정하며 부른 슬픈 노래.

답니다. 뜰, 떨, 스렝, 쓰렝, 스 ㄹ 랭, 드 ㄹ랭, 이렇게 말이
에요. 노래를 마친 아버지는 꽃노을 등지고 「감분(感憤)」이
란 시를 멋있게 읊었답니다. 어머니는 그 시의 여운이 가시
기도 전에 지팡이로 주위를 더듬거리며 조심스럽게 표주박
을 주워 들었지요. 병부교 아래로 흐르는 배천의 물소리를
귀로 가늠하며 한 걸음 한 걸음 다가섰답니다. 눈이 어두울
수록 귀와 코와 손이 예민해지는 법이지요. 어머니가 맑은
물이 부딪치는 바위로 올라서자 아버지는 급히 다리 아래
로 내려왔답니다. 맹녀임을 진작부터 알고 있었던 게지요.
남녀는 한데 어울려 앉지 않고 횃대에 함께 옷을 걸지 않으
며 수건과 빗을 나란히 쓰지 않고 직접 주고받는 일도 없
어야 하는 법이건만, 어머니는 약간 고개를 숙일 뿐 표주박
건네기를 두려워하지 않았고 아버지 역시 그 박에 담긴 시
원한 물을 단숨에 마시고는 호탕하게 웃었답니다. 허리에
찬 호리병을 들어 표주박에 태상주(太常酒, 송도에서 나는 값
비싼 술)를 따랐지요. 어머니는 표주박에 담긴 것이 술인 줄
냄새로 알았으면서도 옷깃에 내리는 꽃잎을 털듯 어깨를
흔들었답니다.

소상(瀟湘)의 만남*과 은궐(銀闕)이 유난히 밝던 그 밤의

---

* 기이한 만남을 뜻한다. 원나라 극곡인 「소상우(瀟湘雨)」에서 지방관 장상

꽃잠(첫날밤의 잠)이 단숨에 바람을 타고 송도에 퍼졌던 것은 아닙니다. 송도 팔경을 충분히 즐기며 나는 너다 너는 나다 장담하는 날이 적어도 100일은 이어졌답니다. 관기가 유수의 허락도 받지 않고 관아 밖에서 철부지 도령과 사사롭게 수작하는 일은 가(枷, 죄인의 목에 씌우는 나무칼)를 쓰고 옥에 갇혀 중곤(中棍, 죄인을 치는 형구)을 맞을 짓이지요. 옥여의(玉如意, 옥으로 만든 장식용 애완물)를 쥔 것 같은 시절은 오래가지 않았습니다. 어머니는 헛구역질을 참으며 임신 소식을 우서(羽書, 서찰)로 알렸지요. 위로가 필요했던 겁니다. 하얗게 질린 얼굴로 달려온 아버지는 며칠 후 다시 와서 쇠무릎풀, 구맥, 계심과 졸인 누룩(아이를 지우는 데 사용하는 약) 따위를 내놓았어요. 관기를 건드려 임신을 시켰다는 오명을 뒤집어쓸 수 없었던 것이지요. 어머니는 그 밤 아버지의 언행을 모두 지극한 사랑 때문이었다고 둘러댔답니다. 어머니가 다치는 것을 원치 않았다는 겁니다. 어머니도 그 밤 버림받았다는 사실을 직감했을 테지요. 혼자서 연모하고 혼자서 그리워하며 늙어 갈 운명을 힘겹지만 어쩔 수 없이 받아들였던 것 같습니다. 그날부터 초승달만 뜨면 주렴을 걷고 섬돌에 내려앉아 다소곳이 누군가를 기다렸지

영이 잃어버린 딸 취란을 우여곡절 끝에 만나게 된 일을 가리킨다.

요. 어머니는 오로지 혼자 이 낯선 고통을 감내했어요. 불러 오는 배를 복대로 누르며 가야금을 뜯고 노래를 불렀답니다. 한 번도, 단 한 번도 배 속의 아기를 원망하지 않았다는군요. 아낙들의 대화를 유심히 귀동냥하여 임신 중에 피해야 하는 음식들부터 알아냈답니다. 달걀과 마른 잉어를 함께 먹으면 아이 얼굴에 주먹만 한 부스럼이 생기고, 참새 고기와 된장을 섞어 먹으면 아이 얼굴에 점이 많아지며, 토끼 고기나 개고기를 먹으면 아이가 벙어리나 언청이가 되고, 자라를 먹으면 목이 짧아진다고 하여 멀리했지요. 오징어나 꼴뚜기를 먹으면 얼굴 가운데 눈이 생긴다는 소리를 듣고 나선 흥덕과 부안에서 올라온 오징어는 물론 옹진의 소라나 고원과 문천의 석화(石花, 굴)도 입에 대지 않았답니다. 의남초(宜男草, 허리에 차면 아들을 낳는다는 약초)를 허리에 차는 일도 잊지 않았다는군요.

어머니는 몸을 풀기 사흘 전까지 가야금을 뜯었답니다. 유수와 아전의 입을 막기 위해 많은 재물을 쏟아부어야 했지요. 새끼할머니나 외숙부에게 폐를 끼치고 싶지 않다며 순거(鶉居, 주거가 일정하지 않음)할 뜻을 비쳤지만 꾸중만 들었다는군요. 겨우 한 달 말미를 얻고 박연폭포를 거슬러 올라 관음굴로 숨어들었어요. 새끼할머니가 일찍부터 수다교(修多教, 불교)를 믿어서이기도 하지만 인적이 드문 난야(蘭

若, 사찰)에서 몸을 푸는 것이 최선이었으니까요. 훗날 스승은 내가 십주(十洲, 신선이 사는 곳)로 들어가는 문에서 태어났으니 옷소매를 흰 구름에 담근 채 수뢰(獸罍, 짐승 모양을 본떠 만든 술독) 드는 재미를 능히 알 것이라고 놀리셨지요. 박연의 영험함을 믿은 어머니는 종소리 구름 밖으로 떨어지고 솔 그림자 달빛 속에 성기는, 그 이름만큼이나 신령스러운 성거산(聖居山) 가까이까지 기어이 올라갔답니다. 실상암(實相庵, 관음굴 뒤에 있던 암자)에 거처를 정한 밤부터 진통이 시작되었어요. 태아를 여위게 하여 쉽게 출산할 요량으로 보름 동안 당귀 여섯 냥, 천궁 세 냥을 거칠게 갈아 달여 먹었지만 난산을 피할 수 없었답니다. 새끼할머니가 관음불전에 올린 백일기도도 효험이 없었던 것이지요. 쪼그려 앉은 채 삼신끈(산모가 움켜쥘 수 있게 매단 줄)을 틀어쥐고 아무리 힘을 주어도 아기는 나올 기미를 보이지 않았다는군요. 사흘 밤낮을 고생한 산모는 숨이 넘어갈 만큼 지쳤어요. 그대로 두었다간 산모도 태아도 목숨을 잃을 상황이었습니다. 함께 시름하던 새끼할머니는 능소화꽃을 닮은 여인이 거문고를 켜는 꿈을 꾼 후 마지막 비방을 쓰기로 마음을 정했답니다. 새끼할머니도 듣기만 했을 뿐 직접 보지는 못한 방책이었지요.

우선 외숙부에게 일러 관음굴을 밝히는 촛대 두 개와 돌탁자를 가져오도록 했습니다. 감히 부처님 물건에 손을 대는 일이었으나 액운을 염려할 틈이 없었지요. 평소 무쟁삼매(無諍三昧, 공리에 머물러 다른 것과 다투는 일이 없고, 산란한 마음을 한곳에 모아 망념에서 벗어남)를 즐기던 외숙부는 돌탁자를 들기 전 관음불을 향해 합장한 다음 이런 말씀을 되뇌었다는군요. 거룩한 모양을 갖춘 부처님 형상에서는 여래를 볼 수 없습니다. 소매를 비구(臂鞲, 일을 편하게 하기 위해 옷소매를 덧싸는 것)로 싸고 힘을 쓰니 의외로 쉽게 움직였다고 해요. 평평한 돌탁자가 실상암으로 들어오자 새끼할머니는 시연(柴煙, 하늘에 제사를 드릴 때 섶나무를 태워 올리던 연기)을 피우듯 전단(旃檀, 인도에서 나는 향나무)을 꽂고 어머니를 탁자에 엎드리도록 했습니다. 자궁을 압박하여 단숨에 아기를 받기 위함이었습니다. 잘못되면 복중 태아는 어미의 무게에 눌려 압사할 것이 분명했답니다. 어머니는 어금니를 꽉 물고 신경을 온통 아랫배에 모았지요. 조금씩 열리기 시작한 궁문(宮門)으로 언뜻 내비친 것은 머리가 아니라 앙증맞은 발이었습니다. 오른손으로는 어머니의 아랫배를 둥글게 쓸면서 왼손으로 아기를 팽이처럼 돌렸지요. 아기의 머리와 다리가 자리를 바꾸자마자, 어머니의 비명이 터지면서 삼신끈이 뚝 끊어졌고, 참기름을 바른 듯 아기 머리가 궁문으로 쑤욱 나왔다는군요. 아기가 얼마나 못생겼

던지 고개를 돌려 버렸다고 새끼할머니는 농담처럼 말했고, 문밖에 서서 보현보살(普賢菩薩, 중생의 목숨을 길게 하는 덕을 가진 보살)의 말씀을 외던 외숙부는 아곡처녀(阿谷處女, 아곡의 도랑에서 빨래하던 여자로 처신이 매우 신중했다.) 넉 자만 입에 담아 두었다는군요.

내가 태어나던 날 황룡이 하늘로 올라가고 설창의(雪氅衣, 신선이 입는 눈처럼 흰 옷)를 입은 것처럼 하얀 까마귀 떼가 우물에 빠졌으며 선죽교의 봉황꼬리(대나무)가 밤새 어(敔, 나무로 만든 악기)를 치듯 울었다는 것은 거짓입니다. 삼불(해산 후 태를 태우는 불) 내음이 박연을 따라 흘러내렸다는 것도 있을 수 없는 일이지요. 관음불의 보살핌이 있었다는 풍문도 그저 불전에 놓인 돌탁자를 잠시 빌려 쓴 것에 지나지 않습니다. 열여덟 살 먹은 눈먼 기생이 사내에게 버림받고도 아이를 지우지 않고 사흘 밤낮을 고생한 끝에 딸을 낳았습니다. 흔한 일은 아니지만 신이(神異)한 일도 아니지요. 세상에 나온 아기는 박연의 폭포수처럼 큰 소리로 울었다는군요. 위대한 도를 찾아 헤매는 것이 얼마나 힘겨운지를 그때 벌써 알았던 걸까요.

질병, 질주, 돌아오지 않는 열망들

경옥(瓊玉, 보약의 일종)처럼 달콤한 흑첨(黑甛, 낮잠)을 깨운 놈은 꾀꼬리가 아닙니다. 콸콸콸 바위 사이로 흐르는 꽃계곡〔花谷〕의 울음을 잊을 수 없기 때문이지요. 바닷물을 세우던 하늘 밖의 폭풍도 그치고 따사로운 초여름 햇살이 엷은 구름 사이로 초가를 덮네요. 슬기덩, 슬기둥, 슬기등. 장두전(杖頭錢, 술을 살 돈) 매단 지팡이로 사립문 두드리는 벗은 없지만 모처럼 거문고로 의란조(猗蘭操, 공자가 때를 만나지 못함을 한탄하며 지은 노래)나 더듬을까 싶어 마루로 나섰답니다. 잊혀 가는 고려의 곡조도 곁들이면 더욱 좋겠지요. 앞마당을 도열(桃茢, 집 안의 악한 기운을 쓸어내는 비)로 쓴 후 뒷마당에서 개수(改燧, 철이 바뀔 때 계절에 맞는 나무를 비벼 새로운 불을 취함)하기에 적당한 날이로군요. 귀문관(鬼門關, 저

승문)에 당도했던 병자들도 걸음을 돌릴 것 같네요.

　어머니는 내가 겨우 아장아장 걸음마를 시작할 무렵부터 가야금을 가르쳤습니다. 추잠(秋蠶, 가야금 줄의 일종)에 손가락 끝이 벌겋게 멍들 때까지, 가야금을 얹은 오른쪽 무릎이 저려 일어설 수조차 없을 때까지, 배운 것을 열 번이고 백 번이고 반복했답니다. 나중에는 꿈에 그날 익힌 가야금 소리가 들릴 정도였지요. 어머니는 회초리 대신 작은 대나무 막대로 손등을 사정없이 치셨습니다. 아프기도 했지만 핏발이 서면서 퉁퉁 부어오르는 손등을 보고 두려운 마음에 울음을 터뜨렸지요. 어머니는 내가 눈물을 그치고 가야금을 다시 무릎 위에 놓을 때까지 꿈쩍도 하지 않았어요. 컴컴하고 추운 겨울밤에도 갈황마(날아다니며 호랑이와 표범을 잡아먹는다는 상상의 동물)처럼 황금 눈을 뜨고 영설(映雪)의 가르침(진나라의 가난한 선비 송강이 눈빛을 이용해 책을 읽은 일을 가리킴.)을 떠올리며 손끝에 힘을 주었지요. 열 손가락을 제각기 놀릴 수 있는 비법도 그때 터득한 것입니다. 덕분에 손끝마다 이렇게 굳은살이 붙었지만 오히려 자랑스럽답니다.

　열 살을 넘겨 음률에 눈을 뜬 후부터는 거문고를 끼고 살았습니다. 화려하고 아름답지만 여린 맛이 나는 가야금보다 단순하고 날카로운 듯해도 강하고 힘이 넘치는 거문고가 내게 더 어울렸습니다. 어머니는 몇 번 더 가야금을 권하다가 내 뜻을 받아들였지요. 어머니 역시 현금(玄琴, 거문고를 뜻함)이라는 이름을 따랐다면 평생 거문고에 의지했겠지만 그 성품이 오히려 가야금에 가깝기 때문에 바꾸었던 겁니다. 늦게 거문고를 품었지만 곧 또래들의 솜씨를 뛰어넘었어요. 어머니를 닮아 귀썰미가 있기도 했지만, 밝은 달만이 귀를 여는 순간에도 연습을 게을리하지 않았던 덕분이지요. 이 석상동(石上桐, 돌 사이에서 오랫동안 자란 오동나무로 거문고 앞면에 주로 쓰임)이 무엇이기에 밥도 먹지 않고 잠도 자지 않고 해죽(海竹)으로 만든 술대가 부러질 만큼 줄을 퉁기고 또 퉁겼던 것일까요. 귀한 한발(捍撥, 비파 연주에 사용하는 상아나 금으로 만든 채)이라도 되는 듯 낡은 술대를 품에 꼭 안고 잠들었던 것일까요.

거문고 안에서는 나를 둘러싼 불행의 그림자를 지울 수 있어서 좋았지요. 아비 없는 자식이란 설움도 잊고, 기생이 되어 기껏해야 등글개첩(늙은이의 젊은 첩)으로 늙어 갈 후일에 대한 낙담도 없이, 꽁무니 같은 죽음과 몸뚱아리 같은 삶을 지나 나도 없고 남도 없는 그 없음의 머리 꼭대기까지 오르고 또 올랐답니다. 팔이 여섯 개인 삼신국(三身國) 사람(머리 하나에 몸이 셋 달린 사람)처럼 여섯 줄을 동시에 당기고 밀자, 혜중산(嵇中散, 금(琴) 연주에 뛰어났던 혜강(嵇康))에게 배운 솜씨라는 헛된 풍문이 돌았고, 너도나도 갑전분(甲煎粉, 화장품)이나 침향수(沈香水, 침향목을 우려내서 만든 향수) 따위를 내밀며 거문고 소리를 들려달라고 청을 넣더군요. 내 나이 겨우 열세 살 때의 일이랍니다.

그 재물들 앞에서 정신이 번쩍 들더군요. 아무리 거문고 안에서 내 처지를 잊는다 해도 그건 찰나에 지나지 않습니다. 솜씨가 늘수록 황 모는 한낱 기생에 불과하다는 눈길을 더 자주 더 깊이 만나게 되었지요. 세파에 휘둘리지 않으려고 거문고에 매달리고 그 솜씨를 사겠다는 연통이 들어오고, 또다시 거문고로 달려가는 나날들.

많은 이들이 황 모와의 만남을 원했지만, 이 소리와 함께 썩어 가는 내 마음을 헤아리는 이는 없었지요. 「보허사(步虛詞)」든 「영산회상(靈山會相)」이든 배우고 익힌 대로 흉내는 내었지만, 그 소리처럼 강하고 단단하게 살 자신은 없었습니다. 새끼할머니와 어머니는 내 거문고 소리가 지나치게 어둡고 탁하다며 걱정을 했지요. 뜬구름처럼 버들솜처럼 하늘과 땅 사이 드넓은 창공을 훨훨 나는 영사(穎師, 당나라 고승으로 거문고의 달인)의 소리를 닮으라고 했지만, 물러나 머물 생각은 추호도 없었습니다. 억울한 만큼 슬픈 만큼 더 빨리 달려 나가려고 했지요. 지(智)를 명(明)인

줄 알고 유력(有力)을 강(强)이라고 착각하던 시절이었으니까요.

고약한 성질은 꽃못에 들 때까지도 남아서, 스승은 늦었지만 다시 가야금을 배우는 것이 어떻겠느냐고 권하기까지 하셨답니다. 손수 술대를 쥐고 강하되 강하지 않은 소리를 보여 주시고도 마음을 놓지 못하셨던 것일까요. 거문고에 새길 글까지 내려 주시고는 연주할 때마다 먼저 읽고 마음을 새롭게 다듬으라 하셨습니다. 지금 손끝으로 그 명(銘)을 만지며 가르침을 되살려 봅니다. 거문고를 뜯음으로써 봉황도 법도를 따라 춤추게 하고 거문고를 뜯음으로써 사악함을 씻어 자연과 하나 되라. 달을 품은 가을 강의 지극히 조용한 흐름을 배울진저. 거문고 여섯 줄에 시시비비를 담을 바에야 차라리 소금(素琴, 줄 없는 거문고)을 쓰다듬으면서 소리 없음을 듣고 형체를 즐기라. 거문고를 뜯으면 이루어짐과 허물어짐이 구별되지만 거문고를 뜯지 않으면 이루어짐도 없고 허물어짐도 없나니, 소리는 귀로 듣는 것이 아니라 마음으로 듣는 것이라는 말씀이 아직도 귀에 쟁쟁거리는군요. 스승이 꽃못을 지키실 때는 한 번도 소금의 가치를 살피지 않았지요. 속세란 존재하는 것, 움직이는 것, 말하는 것에 의해 좌지우지된다고 믿었어요. 지금 스승이 남긴 소금을 비 갠 하늘 아래 두고 앉으니 거문고를 만지기도 전에 소리가 퍼져 나가네요. 무엇인가를 만들어 내야 하고, 그 만든 소리를 세상에 전해야 한다는 아집만 버린다면, 만물의 소리가 내 안으로 흐르고 부딪혀 울리지요.

무엇을 할 것인가가 아니라 무엇을 하지 않을 것인가를 고민하는 삶. 관기가 될 수밖에 없는 열 살 소녀의 눈에 그 오묘한 경지가 보일 턱이 없었습니다. 괘하청(棵下淸, 거문고의 제5현)과 괘상청(棵上淸, 거문고의 제4현)에 매달려 오랫동안 음을 고르고 또 골랐지요. 맑고 청아한 기운을 뛰어넘어 듣는 이의 가슴을 단숨에 뚫어 버릴 비수를 갈았습니다. 술대를 퉁길 때는 순획(順劃, 줄을 앞으로 내어 퉁기는 기법)보다 역획(力劃, 줄을 안으로 뜯는 기법)을 써서 떨림을 잦게 만들었고, 술대를 쥘 때도 '자(自)'보다 '주먹'을 자주 택했답니다. 납덩어리를 축(筑, 술대로 소리를 내는 고대 현악기) 속에 감추고 진시황에게 나아갔던 고점리(高漸離, 진시황을 암살하려 했던 연나라 자객으로 축의 명인)처럼.

춤사위를 익히는 것도 힘겹기는 마찬가지였지요. 슬파(膝把, 허리를 굽히고 한쪽 발꿈치만 들어 무릎을 올리며 두 손을 모으는 춤사위)를 한나절 반복하고 나면 허리를 펼 수 없었습니다. 새끼할머니는 한양에서 배운 춤사위 중에서 잔치에 쓰이는 정재의 여러 동작을 가르치려 했지만 나는 처음부터 검기무(劍器舞, 칼을 휘두르며 추는 춤)를 고집했지요. 느리게 더욱 느리게 웃음을 머금고 구불구불 꽃길을 넘어 취한 사내의 품에 나비처럼 안기는 사위는 익히고 싶지 않았어요. 빠르게 더욱 빠르게 날아올라 한 마리 솔개처럼 먹잇감을 낚아채고 싶었던 겁니다. 붉은 술을 단 칼을 어깨 뒤까지 올린 다음 빠른 타령에 맞추어 단숨에 어깨를 치고 왼손 주먹으로 하늘을 찌르면, 이곳은 송도 관아가 아니라 압록강이나 두만강인 듯하고, 나 역시 춤을 배우는 동기가 아니라 일국의 도원수인 듯한 착각에 빠져들지요. 공손대낭(公孫大娘)의 혼탈무(渾脫舞)도 부럽지 않았습니다.* 멈출 때는 바위 아래 숨은 물고기처럼 고요하고, 움직일 때는 수달처럼 튀어 올라 적진을 괴멸시키는 상상. 산처럼 물러서고 질풍처럼 나아가며 호랑이처럼 싸우는 기쁨. 그 감동은 앉아서 거문고를 다룰 때보다도 열 배 스무 배 크고 다양합니다. 발하나 들 때마다 손가락 한 마디 굽힐 때마다 세상이 다르게 보이니까요. 허리를 굽히고 양손을 모은 계서(磎鼠, 생김새는 쥐와 같고 얼음 밑 흙 속에서 풀과 나무를 먹고 사는 상상의 동물)가 되어 얼음을 부수고, 두 발을 힘껏 차고 날아오르는 대완마(大宛馬, 하루에 천 리를 달리는 상상의 동물)로 천 리를 달렸

---

* 공손대낭은 검무에 능했던 당나라 기생이다. 명필 장욱이 그녀의 혼탈무를 보고 초서가 크게 늘었다고 한다.

어요. 마음보다도 먼저 몸을 들여다보게 되었지요. 몸은 썩어 없어질 하찮은 살덩이가 아니라 나를 나이게 만드는 근본이니까요. 새끼할머니로부터 배운 숨 고르기를 건너뛰고 사위에 들어가면 꼭 어디 한 곳이 불편해졌어요. 급하게 새로운 것을 시도하다가 다친 적도 많았답니다. 믿을 거라곤 몸뚱아리 하나뿐이란 말이 한낱 비유이거나 탄식이 아님을 그때서야 깨달았지요. 사내들도 힘겹다는 금강과 두류를 제 집 앞마당 지나듯 오르내린 것도 이때부터 몸을 다듬었기 때문이 아닌가 싶네요. 사와 대부들이야 팔자로 걸으며 헛기침이나 내뱉는 것이 전부지만, 나는 춤을 통해 이 몸의 장점과 약점을 미리 살피고 부족한 부분을 고쳐 넉넉하게 만들었으니까요.

그 시절 외숙부는 『참동계(參同契)』(한나라 위백향이 지은 도가 서적)를 펼쳐 놓고 단정(丹鼎, 단약을 굽는 솥)을 몰래 만졌답니다. 젊어 한때 매월당을 뵙고 가르침을 얻은 것을 평생의 자랑으로 여겼지요. 기를 먹는다며 아침 밥상도 물리고 숨을 깊이 들이마셔 배를 채우던 모습이 눈에 선합니다. 새벽이면 동쪽을 향해 곧게 서서 천천히 너무나도 천천히 팔과 다리를 움직였습니다. 나도 몇 번 따라 하다가 이내 지쳐 그만두었답니다. 빨리 움직이는 것보다 천천히 움직이는 것이 천배 만배 힘듭니다. 가되 가지 않은 것처럼 가고 오되 오지 않은 것처럼 오라. 뻗되 뻗지 않은 것처럼 뻗고 오므리되 오므리지 않은 것처럼 오므려라. 훗날 스승은 그 서책을 곧이곧대로 믿지 말라 하셨지요. 그것만 흉내 내서 우객(羽客, 신선)이 될 수 있다면 당신은 벌써 적규(赤虯, 신선이 몰고 다닌다는 붉은 용)를 몰아 파사(波斯, 페르시아)를 돌고 단제(丹梯, 신선 세계로 들어가는 붉은 사다리)에 올라 옥도(玉都, 신선이 사는 곳)로 가서 반도(蟠桃, 3000년에 한 번 열매를 맺는 신선 세계의 복숭아)를 한 입 베어 물었겠다며 웃으셨어요. 몸을 소중히 여겨 천지에 가득한 기를 자유롭게 받아들이고 내보내다 보면 금화(金華)니 추석(秋石)이니 황아(黃芽)니 하는 것*들을 이해할 수 있다고도 하셨지요. 주천화후(周天火候, 뜨거운 기가 온몸을 두루 도는 것). 온몸을 두루 도는 뜨거운 기운을 푸른 하늘과 맑은 바람으로 다스릴 줄 알아야 한다는 겁니다. 늙은 몸이었다면 버릴 것은 버리고 버리지 못할 것도 나서서 취하려 덤비지는 않았을 테지요. 앗으려 든다고 순순히 내어줄 세상이 아니니까요.

전립을 쓰고 전복을 입고 전대를 두르고 검기를 든, 세상을 앓기 시작한 열 살 소녀는 먼 길을 떠날 마음뿐이었

---

* 모두 금단(金丹)의 별칭이다.

답니다. 고향 따윈 순간에 건너뛰고 이 병을 치유할 영약이 있는 곳으로 달렸어요. 아픈 몸을 더 아프게 만들고 지친 다리는 더 지치게 만들었지요. 주저앉아 어머니의 손길을 기다리거나 친척들의 눈길을 끌기 위해 울음을 터뜨리기는 죽기보다 싫었답니다. 지는 꽃을 다 밟고도 멈추지 않는 준마는 나의 분신이었으며 주렴 걷으며 생긋 웃는 해어화는 남의 일이 아니었습니다. 모순이었지요. 해어화로 자라고 있으면서도 장래의 나와 잠시도 눈을 맞추려 들지 않았으니까요. 두려웠던 탓일까요. 그런 마음이 없지는 않았지만 그 시절의 외면은 차라리 정해진 길을 순순히 받아들이지 않겠다는 다짐이었어요. 인간이라면 누구나 자신의 앞날이 궁금한 법입니다만, 이미 명명백백하게 드러난 내일을 받아들일 수 없었기에 차라리 눈을 돌린 겁니다. 기막히게 선명한 장래와는 다른, 더 높고 아득한 꿈을 찾고 싶었습니다.

두주(頭籌, 첫머리의 산가지. 최고가 됨을 뜻함)를 쥐려는 맹목. 배움의 쓰임보다는 그 배움 자체의 경지를 살폈지요. 한계를 하나씩 넘어설 때의 희열, 보이지 않던 것들을 발견했을 때의 가슴 벅참. 그 배움을 연단(煉丹)에 비길 수도 있을 겁니다. 100여 근의 숯불로 단숨에 달군 뒤에야 비로소 약한 불로 마무리를 짓는 법이니까요. 급류를 오를 때는 빨리 그 위험을 뚫을 생각뿐이지요. 강 상류에 무엇이 있는가를 살피다가는 죽음을 면키 어렵습니다. 몇몇 동기들과 노래, 춤, 악기를 어울려 배웠지만 하나도 눈에 차지 않았습니다. 오직 나 홀로 황황한 벌판에 서 있다고 생각했지요. 또래들과 엇비슷하게 배우고 자라고 늙고 싶지 않았습니다. 이 길로 갔던 이들이 만들어 놓은 작품을 남김없이 허물고 지나가겠다는 욕심이 생겼지요. 가슴에는 항상 꽃기운이 넘쳤고 불덩이가 이글거렸답니다. 한번 타오르면 결코 꺼질 줄 모르는 열망이었지요. 자책만으로도 부족한 시절이었습니다.

거문고를 뜯고 춤을 추는 것보다도 힘든 시간은 기생다움을 배우는 밤이었지요. 살갑던 새끼할머니도 그 순간만은 회초리를 든 엄한 훈장으로 동기들을 몰아세웠습니다. 이 망할 두억시니(사납고 못된 장난으로 사람을 못살게 구는 귀신)들아! 걸쭉한 욕지거리가 오히려 그립네요. 몸단장에서부터 술 따르는 법까지 자질구레한 것 하나하나를 익히고 또 익혔습니다. 회초리를 열 개나 부러뜨리고서야 겨우 눈을 아래로 다소곳이 내리게 되었지요. 유난히 흰 동자가 많은 나로서는 그저 바라보는 것뿐인데도 눈을 치뜬다는 오해를 받았답니다. 훗날 송도 기생 황 모가 처음 만난 사내에게 눈싸움부터 하자고 덤빈다는 풍문은 이 때문에 생긴 겁니다. 새끼할머니는 회초리를 치고 또 치며 기생은 결코 검은 동자 아래로 흰빛이 보여서는 아니 된다고 강조했답니다. 팔목에 돌을 올린 채 술을 따르라고도 했고, 머리 위에 베개를 이고 다소곳이 걷는 법을 가르치기도 했지요. 그중에서도 가장 오랫동안 가르친 것이 바로 속마음을 감추는 일이었어요. 머리가 둘 달린 교충(驕蟲, 생김새는 사람과 비슷한데 머리가 둘 달린 상상의 동물)처럼 구는 것은 기본이고 촉조(鸀鳥, 몸빛이 누런 파랑새로 머리가 여섯 개 달린 상상의 동물)의 여섯 가지 서로 다른 표정을 동시에 짓는 법도 익혔지요. 항상 입가에 웃음을 머금어야 하며 슬프거나 화나거나 괴롭거나 아픈 표정은 결코 지으면 아니 되었습니다. 언제나 화사한 봄이어야 한다며 분대화장(粉黛化粧, 기생 특유의 화장술)으로 미소를 그려 넣기도 했지요. 볼에 분을 많이 바르고 대(黛, 청흑색의 먹)로 눈썹을 진하게 그어 내리면 웃지 않아도 웃는 것처럼 보이니까요. 잡티나 주근깨를 가려 피부를 하얗게 보이도록 하는 것은 좋지만, 매일 분대를 하다 보면 더러 종기가 돋고 붉은 반점이 퍼지기도 했지요. 반점을 가리기 위해 더 많은 분대를 써야 했답니다. 분대를 하지 않고 부름에 응하면 몸단장이 소홀하다며 중벌을 받았지요. 서른을 넘긴 후로는 면약(面藥, 얼굴에 바르는 화장품)만 가볍게 발랐을 뿐 가면을 쓰듯 분대를 하지는 않았습니다.

어떤 이는 내 피부가 괵부인(虢夫人)*이 울고 갈 만큼 좋다고 칭찬하지만, 자세히 살피면 10여 년 분대로 입은 상흔이 곳곳에 남아 있답니다. 삼탕(蔘湯, 인삼 잎을 달인 물. 이 물로 목욕을 하면 피부가 고와짐)을 해도 지워지지 않아요.

쓰개치마로 발찌(목 뒤에 생기는 부스럼)를 가리듯 마음을 감추고 숨기는 것이 나 자신을 위한 일임을 그때는 몰랐습니다. 재주를 드러낼수록 더 심하게 다칠 수 있음을 깨닫지 못했던 것이지요. 열 번 백 번 반복되는 수업이 싫다고, 기껏해야 여(廬, 나그네들이 잠시 휴식을 취하는 곳)와 같은 신세인데 이렇게까지 해야 하느냐고 푸념을 늘어놓았지요. 어머니는 가야금은 저만치 두고 정색을 한 채 말했답니다. 내 앞에서 재주를 부릴 수 있다 하여 안심하는 거냐. 때론 네가 상상할 수도 없을 만큼 두려운 곳에서 홀로 재주를 보여야 할 때가 온단다. 그때도 지금처럼 재주를 뽐낼 수 있겠느냐. 마음이 어지럽고 불안하더라도 손과 발과 얼굴은 한결같도록 만들렴.

어머니는 백혼무인(伯昏无人)이 열자(列子)를 깨우친 이치**를 그때 벌써 알고 계셨던 것이지요. 재주를 살피는 사

---

* 양귀비의 언니로 피부가 너무 고와 화장을 하지 않고 현종을 만난 일화가 유명하다.
** 백혼무인이 활 솜씨를 자랑하는 열자를 천 길 벼랑 앞으로 데려갔더니

와 대부들이란 계집종보다도 옹졸하여 실수를 범한 관기에게 만회할 기회조차 주지 않았어요. 잠실(蠶室, 죄인에게 궁형(宮刑)을 행하는 장소)에 갇혔다 나온 것을 숨기기라도 하듯 조그만 잘못도 크게 부풀려 자신들의 나약함을 감추었지요. 쓸쓸하게 뒷방만 지키며 나무 거울(겉보기는 괜찮은데 아무 소용이 없는 물건)처럼 늙어 가는 관기를 여럿 보았답니다. 실수를 범하지 않더라도 늙고 병들어 더 이상 기쁨을 주지 못하면 쓸쓸하게 뒷방으로 밀려났지요. 더러는 첩살이를 가고 더러는 장사에 손을 대기도 했지만 한번 꺾인 봄바람이 다시 부는 일은 없었어요. 잠깐 들어왔다 사라진 햇살 한 줌을 그리워하며 오랫동안 참담한 날을 보내는 것이 바로 우리네 해어화의 운명이니까요. 그 허무를 지우려고 다들 어디 한군데 집착한답니다. 술독에 빠져 세월을 낚거나 방에 틀어박혀 수를 놓거나 경치 좋은 곳을 찾아 발을 씻는 것은 그래도 나은 편이지요. 가장 더러운 집착은 사내의 살 내음으로 빈자리를 메우려 덤비는 것입니다. 얼굴이 반반하고 몸매가 이쁜 때는 그것으로 더러 외로움을 달랠 수 있지만, 어느 기생이 살 내음에 집착하기 시작했다는 소문이라도 돌면 너도나도 진드기처럼 달라붙는답니다.

두려워 벌벌 떨었다. 이로써 무심의 경지를 깨우쳐 주었다.

마지막 남은 피 한 방울 다할 때까지 결코 떨어지지 않아요. 사내들의 행패를 두려워한 이들은 은밀히 대식(對食, 동성연애)을 나누기도 했어요. 두 마음이 좋을 때는 그보다 편안하고 안락한 것이 없지만 한쪽이 변심이라도 하면 칼부림 나는 것은 예사입니다. 대식을 한다는 풍문이 도는 순간 당사자들은 옥에 갇혀 아랫도리를 쓸 수 없을 만큼 형신을 당했습니다.

덧없음을 느끼는 이가 어찌 기생뿐이겠는지요. 태어났다는 이유 하나만으로도 외롭고 쓸쓸한 법입니다. 문제는 그 허무를 어떻게 받아들이느냐 하는 것이겠지요. 사람들은 대부분 자신들이 편한 대로 허무를 지워 나갑니다. 집착도 있겠고 망각도 있겠지요. 스승은 바로 이 허(虛)와 무(無)를 정면으로 품어 그것의 그릇됨을 밝히는 것이 공부라고 하셨습니다. 이와 같은 공부에서 불제자와 사대부와 도인의 구별은 무의미한 것이겠지요.

외숙부는 눈에 보이는 세상만 세상이 아니라 책 속에 또 다른 천황(天潢, 무지개)이 있다고 하였지요. 당신을 따라서 이 책 저 책 넘겨 보며 우선 이두를 익혔답니다. 단어 하나하나를 손으로 짚으며 물었지요. 환자[還上, 환곡], 칼자[刀子, 관가에서 일하는 요리사], 발기[件記, 물건의 일람표] 등의 낱

말이 아직까지 생각나는군요. 외숙부는 아전만의 독특한 문자 체계가 있다고 했습니다. 환상, 도자, 건기. 양반이라면 이렇게 읽겠으나 그건 뜻이 전혀 통하지 않는다고, 이걸 제대로 읽는 아전이 없으면 관아의 일이 하나도 돌아가지 않는다고, 자랑 섞인 눈웃음을 보냈지요. 나중에 생각한 것이지만 아전이 이두에 능통하다는 것은 자랑할 만한 일이 아닙니다. 기생이 가야금이나 거문고를 잘 다루고 춤을 잘 추는 것이 당연한 일이듯 아전에게 이두란 살아남기 위해 반드시 익혀야 하는 기술이니까요. 바치(전문적인 기술을 갖고 있거나 무엇을 만드는 것을 업으로 삼는 사람)가 제 밥벌이 수단을 뽐내지 않듯이, 악기든 춤이든 이두든, 잔재주로는 인간 됨을 평할 수 없답니다. 능란하게 거문고를 연주하고 아름답게 춤을 추어도, 그건 어디까지나 기생의 재주이지 인간의 재주가 될 수 없지요.

언젠가 허태휘는 내게 왜 시를 배우게 되었느냐고 물었어요. 호기심 때문은 아니고 재주를 시험해 보기 위함은 더더욱 아닙니다. 시에는 한 인간의 성정과 품격이 모두 담겨 있지요. 누구는 나를 유안(劉晏, 당나라의 유명한 신동)에 비겨 송도의 신동이었다고 치켜세우지만, 나는 아둔했으면 아둔했지 영민한 편은 아니었습니다. 새끼할머니는 시를 아는 기생치고 마음 다치지 않은 이를 보지 못했다며 서책을 치우라고 종아리까지 쳤지요. 새끼할머니의 말씀이 옳았습니다. 악기나 다루고 춤이나 추는 기생은 담장 안에서 자족할 방도를 찾지만 시를 아는 기생은 세상에 대한 그리움으로 평생 열병을 앓기 마련이니까요. 후회하는 것은 물론 아닙니다. 높이 날아오르려고 애쓸수록 발목을 잡아끄는 힘 또한 거세어진다는 것을 몰랐을 따름이지요.

글을 가르쳐 달라 청을 받은 외숙부도 처음에는 탐탁지 않게 여겼어요. 글을 읽는 재미를 깨우쳐 주지 말라는 새끼할머니의 엄명 때문이었을까요. 외숙부는 많고 많은 서책 중에서 『을사대전(乙巳大典)』과 『대명률(大明律)』처럼 법률 조문만 가득 든 서책을 내 앞에 펼쳤지요. 그 어려운 조문을 대하니 한 장만 넘겨도 머리가 지끈지끈 아프고 하품이 절로 나왔답니다. 새끼할머니의 강권 때문만은 아니었던 것 같습니다. 시를 읊기 전에 세상이 얼마나 단단하고 빈틈없는 곳인가를 법전을 통해 보여 주었던 것이지요. 매월당으로부터 신선술과 도가를 익힌 외숙부의 글솜씨는 조고(操觚)하는(문필을 업으로 삼음) 선비와 비교해도 손색이 없지만 결코 밖으로 드러내지 않았어요. 아무리 큰 깨달음을 얻었더라도 평생을 서리로 보낼 수밖에 없었지요. 서책을 통해 익힌 것을 펼쳐 보이겠다는 의지는 없었어요. 외숙부의 유유자적하는 태도가 몹시 싫었던 적도 있지만, 지금은 그 체념의 무게와 아픔을 이해합니다. 당신도 젊어 한때는 세상을 바꾸기 위해 무엇인가를 도모하였겠지요. 매월당을 뵙고 가르침을 받은 것 자체가 이 터무니없는 삶이 어디서부터 비롯되었는가를 알기 위함이었습니다. 당신의 방을 가득 채우고 있는 서책도 삶에 대한 당신의 고뇌가 얼마나 깊고 진지했는가를 드러내지요. 스승의 방을 살피기 전까지 나는 그 어느 사대부의 집에서도 외숙부의 방에서처럼 많은 서책을 본 적이 없답니다. 불편부당을 꿈꾸는 곳에서 발을 뺀 것은 법전이 떠받치고 있는 이 견고한 세상과 맞설 자신이 없어서였겠지요. 한 10년 질청에 앉아 외숙부처럼 법전을 읽었다면 나 역시 두려운 마음이 들었을 겁니다.

1년이 넘도록 줄기차게 법전을 읽은 까닭은 무엇이었을까요. 깔끔한 문장을 익히는 즐거움도 컸지만, 한 나라를 편안하게 이끌기 위해 이렇게 많은 글이 필요하다는 사실에 놀랐기 때문이기도 합니다. 때리고 가두고 죽이겠다고 협박하지 않고는 말을 듣지 않는 짐승, 인간. 본성이 얼마나 악하면 이렇듯 복잡한 조건을 덧대는 것일까. 이 물음 덕분에 나는 곧 기질을 제대로 다스려야 한다는 가르침의 의미를 어렴풋하게 이해할 수 있었지요. 딱딱한 법전에서 세상을 다스리는 법이 아니라 헛되이 살지 않는 법을 배웠다고나 할까요. 돌이켜 생각하건대, 나의 삶이란 공명정대한 법에 대하여, 지극히 온당하며 인간의 도리를 일깨운다는 관습과 예절에 대하여, 던지는 질문에 다름 아니었어요. 양반은 양반답고 아전은 아전다우며 기생은 기생다워야 한다는 규범을 받아들일 수 없었던 겁니다. 그 다움은 어디서부터 오는 것일까요. 나로부터 비롯되는 것이 아니라 내 밖으로부터 오는 것이라면, 어찌 그것을 내 삶의 원칙으로 받아들일 수 있겠습니까. 이 세상의 반이 남정네고 또 반이 여자일진대, 여자는 여자라는 이유만으로 서책을 가까이할 수도 없고 과거에 나설 수도 없으며 세상 일을 논할 기회조차 없습니다. 사내들을 위해 한로(韓盧, 충성심 강한 맹견)처럼 살다가 죽어라. 이것이 이른바 조선의 법이며 관습이며 예절이니까요. 일찍이 스승은 문하를 받아들일 때, 적서의 구별이나 남녀의 차별을 정하지 않으셨지요. 강문우(姜文佑), 이균(李均), 황원손(黃元孫) 등이* 스승의 무릎 아래에서 삶의 이치를 배웠고, 게으름과 어리석음의 길에서 돌아온 나도 흔쾌히 받아 주셨습니다. 아비 어미가 누구인가를 물으신 적이 없지요. 올바른 도의 맛을 함께 씹을 수 있다면, 까마득한 연하이거나 또 감히 접하기 힘든 연상이라도 상관하지 않으셨답니다.

---

* 세 사람 모두 서경덕의 제자로 서인(庶人)이었다.

작은 우연에서부터 법전과는 자못 다른 세계를 엿보게 되었지요. 그날도 질청에서 법전을 살피려는데 문득 지난밤 외숙부가 필사한 시 한 수가 눈에 띄었습니다. 당신은 더러 힘들고 지칠 때면 좋아하는 글귀를 옮겨 적곤 하였지요. 회소(懷素, 당나라의 고승이자 명필로 특히 초서를 잘 썼음)를 따라서 초서로 휘갈긴 것이라 읽기 힘들었지만 지독한 울분과 죽은 뒤의 영광, 외로움이란 시어가 눈에 쏙 들어왔어요. 열흘쯤 지났을까요. 외숙부의 서안에서 두보를 기리는 시를 또 발견했답니다. 마음을 간직하기는 맹자와 같고 사실을 기록하기는 사마천과 같다고 칭송받는 금리선생(錦里先生, 두보)의 해타(咳唾, 가래. 시인의 뛰어난 시를 뜻함)를 정말 알고 싶었답니다. 법에 의해, 관습과 예의에 의해 상처받은 영과 혼을 달래고 싶었는지도 모르겠어요. 두보의 시편이 외숙부의 해낭(奚囊, 좋아하는 시만 모아 둔 선집)에 가득했던 것은 필연입니다. 세상을 완전히 벗어나지 않으면서도 세상 밖으로 너울대기 위하여, 외숙부는 두보를 통해 전혀 다른 빛깔을 품었던 것이지요. 그림은 간직하기 어렵지만 시는 언제 어디서나 펼 수 있으니까요. 움푹 들어간 볼과 깡마른 몸이 시수(詩瘦, 시를 짓기 위해 고심하다 몸이 상함)였음을 이제는 안답니다. 외숙부의 방에는 크기와 두께가 다른 두보의 시집이 열 권도 넘게 있었습니다. 사람들의 손이 타지 않도록 비단으로 싸서 함에 넣어 어약(魚鑰, 물고기 모양의 자물쇠)을 굳게 채운 다음 높은 곳에 올려 두었지요. 두보를 알고 싶다고 했을 때, 주미(塵尾, 고라니 꼬리로 만든 먼지떨이)로 법전을 털던 외숙부는 잠시 내 눈을 들여다보았답니다. 이두를 익히고 법전을 배우겠다고 했을 때는 그저 고개만 끄덕이던 외숙부였는데, 내 가슴에서 서서히 깊어 가는 상처를 짐작하기라도 한 듯 두 어깨를 꼭 잡고, 정말 읽고 싶은 게냐, 슬픔과 고통이 무엇인지를 알고 싶은 게냐, 고향으로 돌아오지 못하고 영원히 이승을 떠돌고 싶은 게냐, 눈으로 물었습니다. 난 고개를 끄덕이지도 젓지도 못한 채 오히려 외숙부의 눈동자에서 타오르는 등불심지꽃을 찾았답니다. 그 꽃은 혼자 오래 가슴앓이를 한 사람에게만 나타나는 표식이었지요. 그날의 뜨거운 기운이 발가락 끝에서부터 타올라 숨구멍을 막는군요. 1년 남짓 안분당(安分堂, 책벌레로 유명했던 이희보)보다도 더 서책을 사랑하였어요. 이상한 일은 외숙부로부터 받은 두보의 시집을 펼칠 때 오히려 무척 담담했다는 겁니다. 비로소 제 집을 찾아든 새끼 소처럼.

깊고 먼 눈동자

가을로 미루면 봄에 미처 흘리지 못한 눈물 떨굴까 두려워 여름 뙤약볕을 감내했던 것이 잘못이었을까요. 회경전(會慶殿, 고려 궁궐의 정궁) 돌계단을 오르면서부터 발이 자꾸 아래로 꺼지고 능음(凌陰, 얼음을 저장해 두는 곳)이 불쑥 나타났다 사라지는가 싶더니, 눈을 감아도 황봉(黃鳳)이 오락가락하여 결국 남의 등에 업혀 꽃못으로 돌아왔답니다. 원하는 대로만 움직이면 바른 도리를 잃을 수밖에 없다고 했던가요. 눈 내리는 날 찬 종소리 들으며 가느니만 못했다는 허태휘의 농담에 겨우 웃음을 참았답니다. 은하수 같고 옥구슬 같은 박연의 장쾌함이 눈부실수록 사라진 것들에 대한 그리움이 자랍니다. 석창포(창포의 일종. 몸이 가벼워지고 눈이 밝아지는 효험이 있음) 한 움큼 놓고 자리를 피하려는 허태휘를 앉힌 후 하심주(荷心酒, 더위를 식히는 데 특효가 있는 술)와 벽에 걸린 박연의 그림을 떼어 보답으로 주었지요. 한밤이면 천마산의 정령들이 서안 위에서 슬피 우는 소리까지 들을 수 있다고 했더니 제아무리 정교해도 실물만 하겠느냐며 웃어 보였답니다. 스승의 지인지감에 대하여 몇 마디 나누었지요. 나처럼 어리석은 미물을 문하로 받은 까닭을 모르겠다고 했더니 스승의 눈썰미는 명쾌하고 그 눈빛은 새벽별과도 같았다고 답하네요. 성인(聖人)이라도 평생 한두 번의 실수는 있는 법이고 스승의 실수는 바로 나라고 했더니, 360에 12만 9600을 곱하고 다시 그 수의 360일이 있으면 곧 167억 9616만이 되며 360을 하루로 삼는다면 4000여 일이 되는 수(數)를 정확하게 탐구하신 스승께 예외가 있겠느냐고 되묻더군요. 스승이 없는 꽃못에서 이제 허태휘가 나의 지음인 것일까요. 아직 100개의 곡조도 다루지 못했고 100자루의 칼도 보지 못하였으니 어찌 감히 글을 알고 사람을 안다 하겠는지요. 내 마음이 어두워지는 것을 막으려는 그의 마음씀이 고마울 따름입니다.

　스승의 가르침을 기억하는 이들을 화숙(和叔)*과 이정(頤

＊박순(朴淳, 1523～1589). 충주 사람으로 호는 사암(思庵)이며 화숙은 그의 자다. 서경덕의 제자 중에서 허엽과 함께 관계로 진출한 대표적인 인물이다. 문과에 급제하여 영의정까지 올랐으며 시호는 문충(文忠)이다. 서경

正)*이 수소문하고는 있으나 한두 해에 이 일을 마무리 짓기는 어려울 듯하네요. 스승의 삶을 문하의 눈과 귀와 입으로 정리하는 것 자체가 이루어지기 힘든 일인지도 모르겠습니다. 스스로 나타나지 않음으로써 도리어 밝게 보이고 스스로 옳다고 주장하지 않음으로써 도리어 밝게 빛나던 스승이 아니셨는지요. 좌망(坐忘, 조용히 앉아서 세속의 잡념을 모두 잊음)에 몰두하는 텅 빈 방으로 쏟아지던 햇살을 어찌 몇 글자로 담아 낼 수 있겠습니까. 말을 덧붙일수록 스승으로부터 멀어지지나 않을까 두렵네요. 착각이나 실수가 있다면 그것은 온전히 나의 잘못입니다.

나의 스승에 대한 터무니없는 오해가 바로잡힐 수 있을까요. 생각보다 그 뿌리가 깊어 당황스럽기도 하지만 잔뿌리 하나까지도 모두 걷어 내야겠지요. 꽃못의 풍광을 한 번만 보아도 스승의 맑은 기운을 느낄 수 있을 터인데, 옛날이나 지금이나 소인은 가지도 않고 간 척하며 만나지도 않

덕으로부터 성리학을 배웠고 특히 역학에 조예가 깊었다. 훗날 서경덕의 증직에 많은 노력을 기울였다. 화곡서원에 배향되었다.

* 박민헌(朴民獻, 1516~1586). 이정은 박민헌의 자다. 원래 자는 원부(元夫)였는데 서경덕이 직접 이정으로 고쳐 주었다. 과거에 급제하여 벼슬이 한성 부윤, 형조 참판, 동지중추부사에 이르렀다. 서경덕의 신도비를 직접 쓸 만큼 총애를 받았다.

고 만난 척하며 알지도 못하면서 아는 척하지요. 웃음으로
비워 두고 넘어가려 했으나 이미 그 안에 오물이 가득하니
꽃신을 더럽히는 한이 있더라도 몇 마디 덧붙여야겠네요.
모녀(毛女, 중국 전설에 등장하는 남성적인 면모의 여인)의 환생이
니 적선(謫仙, 인간 세상에 귀양 온 신선)이니 하는 터무니없는
이야기를 그냥 둘 수는 없지 않겠어요.

이름만 대면 알 만한 가문으로부터 청혼을 받았다는 것
도 이치에 맞지 않는 일이지요. 경국지색에 경서와 사서까
지 깨우쳤다고 해도, 어느 양반님네가 눈먼 악기(樂妓)의 딸
을 며느리로 맞아들이겠습니까. 어린 나를 어여삐 여겨 첩
으로 달라는 사대부가 몇몇 있기는 했으나 새끼할머니와
어머니는 세상물정 모르는 천방지축을 낯선 사내의 품에
넘기지 않았습니다. 그때 나는 한창 거문고와 춤과 두보의
시에 빠져 있었기에 누구누구의 내부(萊婦, 아내)가 된다는
생각은 품은 적도 없었지요. 주태(珠胎, 임신) 역시 나의 일
이 아니었답니다. 한 사내의 그림자로 평생을 살기보다 나
자신을 무대에 올려 박수를 받는 상상만 했어요. 늙어 목상
좌(木上座, 지팡이)를 쥘 때까지 오로지 배움의 안팎을 살피
겠다는 마음뿐이었지요.

이것은 어리석은 생각일까요. 여자가 감히 꿈꾸면 아니
될 일일까요. 황 모에 대해서는 보지도 말고 듣지도 말라는

풍문 역시 기생을 정숙한 여자의 삶 바깥에 두려는 의도에서 비롯되었지요. 남자와 여자를 나누듯 기생과 정숙한 여자를 또다시 나눈다고나 할까요. 이런 구분 자체가 가소로운 짓이지요. 세상에는 자기를 완성시켜 가는 인간과 자기를 파괴시켜 가는 인간, 이렇게 두 부류가 있을 뿐입니다. 시간을 따라 늙는다는 것은 곧 자신의 삶을 앙상하게 만드는 결과를 낳지요. 한순간의 만족도 허락해서는 안 됩니다. 여유를 포기하고 자신을 몰아쳐야지요. 외롭다구요. 물론 외로운 길입니다. 힘겹다구요. 물론 힘겨운 길입니다. 성인의 경지를 논하지 않더라도 자기 자신을 믿기란 쉽지 않지요. 행복과 불행, 옳고 그름을 따지기도 전에, 자는 이런 처지를 당연하게 받아들였어요. 삼종의 도리 따위에는 눈길 한번 돌린 적도 없었답니다.

가난 때문에 일찍 나를 출가시키려 했다는 소문도 있더군요. 새끼할머니가 송도 관기의 으뜸이고 외숙부가 서리이며 어머니 또한 가야금이라면 송도 제일인데 입에 풀칠이야 못하였겠는지요. 허드렛일 한번 않고 열여섯 살이 될 때까지 배우고 또 배우기만 했답니다. 먹고 자고 입을 걱정이 없었기에 그럴 수 있었지요. 배움이란 때가 있다는 속언이 헛말은 아닙니다. 배우고자 하는 것들이 한순간에 밀물처럼 몰려드니까요. 얼마나 잡념을 버리고 공부에 매진하는가가 중요해요. 넉넉한 살림이 자랑할 일은 아니겠지만 작은 동호(東湖, 독서당)까지 딸린 와가는 나에게 작은 축복이었지요. 한 달이고 두 달이고 배움의 시간이 두릅으로 이어지니 전후좌우의 맥락을 깊이 이해할 수 있었습니다.

외숙부는 병부교 건너에 와가를 하나 사서 새끼할머니와 어머니를 모셨습니다. 가야금을 뜯어야 하는 날이면 어머니는 내 손에 의지하여 병부교를 건넜답니다. 단숨에 건너가지 않고 난간에 기대어 들릴 듯 말 듯한 물소리에 귀를 기울였지요. 그때마다 나는 어머니의 손을 잡아끌었지요. 강변의 봄풀이 아무리 푸르러도 그 인간은 오지 않아요, 어머니. 가을 부채 신세가 되었으니 수레에 오를 꿈 따윈 버려요, 어머니. 어머니는 고개를 끄덕이며 순순히 걸음을 옮겼지만 꼭 한 번 이런 말을 덧붙였지요. 한번 준 것을 쉽게 잊을 수 있겠니. 다른 것도 아닌 마음인데. 어머니는 평생 아버지가 병부교를 건너오리라 믿었답니다. 그곳이 아니더라도 마음만 있다면 언제든지 올 수 있건만, 어머니는 도가 통하는 단 하나의 문처럼 병부교를 아꼈지요.

볕든 언덕에 여린 풀이 베처럼 곱던 봄날, 열다섯 살이 된 내게도 애틋한 마음을 준 사람이 나타났지요. 그는 내가 어머니와 함께 병부교를 건널 때마다 대나무 숲에 몸을 숨기고 연모의 정을 키웠다는군요. 어머니의 연주가 길어지던 어느 날 혼자 잠시 병부교 근처를 산책한 적이 있답니다. 두 눈을 크게 뜨고 다리를 오가는 이들을 살폈지요. 하나같이 똑바로 앞만 보고 바삐 걸음을 옮기더군요. 대숲이 만들어 내는 풍광 따윈 안중에도 없었지요.

말을 거는 이도, 말을 붙여도 될 만큼 눈길을 주는 이도 없었지요. 신기한 눈으로 그들을 살피는 이는 나 혼자뿐이었어요. 물러나 살피는 것이 반드시 나쁘지만은 않습니다. 길 위에서 보내는 시간이 결코 헛되지 않음을 훗날 긴 유랑을 마치고 난 후에야 알았답니다. 편안한 곳에서 깨달음을 얻을 수도 있겠으나 변하면서 흔들리고 위험이 도사린 곳에서 얻는 깨달음이야말로 다양한 변주가 가능하니까요. 매월당이나 스승이 그토록 유산을 상찬하며 길 위에서 시를 지은 것도 이 때문이겠지요. 서책을 통해 만나는 새로움이 어찌 오감으로 직접 부딪히는 새로움에 비하겠는지요.

그날은 여유롭게 행인을 살피던 이가 한 사람 더 있었답니다. 대숲을 나온 그는 인사도 건네지 않고 서찰부터 내밀었지요. 여자와 눈도 마주치지 못하는 사내였습니다. 쌍리(雙鯉, 편지)에는 시 한 수만 덩그러니 담겨 있었어요. 이런 것이 서생의 사랑인지는 모르겠으나, 한수(漢水)는 넓디넓어 헤엄쳐 갈 수 없고 강물은 길디길어 뗏목을 띄울 수 없다면 포기하는 것이 옳지요. 서찰을 찢어 병부교 아래로 뿌린 후 다시는 그를 보지 못했답니다. 한 달 후 그가 연모하는 병이 깊어 죽었다는 뜻밖의 소식을 접했지요. 젊은 나이에 부모보다 먼저 죽은 것은 안타까운 일이지만 서찰 한 장 건네고는 스스로 목숨을 끊다니, 그것이 어디 온전한 사내이겠습니까. 내가 아니었다고 하더라도 유난히 깊게 상처받고 오래 아파하는 사람이라면 제 명을 누릴 수 없었을 테지요. 지금에 와서야 그의 짧은 인생이 가엾게 느껴집니다. 그렇게 빨리 포기하지 말고 천천히 다가왔더라면, 부부의 인연은 맺지 못했다 하더라도 좋은 벗은 될 수 있었을 것을.

그의 상여가 내 집 앞에 머문 것은 사실입니다. 바위처럼 상여가 무거워져서 나아가기 힘들었는지는 모르겠지만, 그 부모의 부탁을 받고 저고리 한 벌을 내어주었지요. 밖으로 드러낼 용기는 없었지만 나를 향한 마음이 단단하고 무겁기는 했나 봅니다. 허태휘는 그 일 때문에 내가 기생이 되었다는 풍문을 들었다고 했어요. 그가 몽달귀신이 된 것을 내 탓이라 여겼다면 일찌감치 머리를 깎고 불제자가 되었겠지요. 인연을 끊는 데 법뢰(法雷, 불가의 법도)만 한 것이 있겠습니까. 상사병으로 죽은 사내 때문에 기생이 되는 여자도 있던가요. 그가 나를 연모하기 훨씬 전부터 나는 기생

수업을 받고 있었답니다. 그 길뿐이었어요. 말 보태기 좋아하는 이들이 그럴듯하게 엮었겠으나 나는 그를 딱 이틀 생각한 것이 전부예요. 서찰을 받던 날은 몹시 마음이 상했고 상여가 내 집을 찾았을 때는 조금 불쌍히 여겼을 뿐입니다. 나는 그의 이름도 나이도 얼굴도 알려고 하지 않았어요. 그와 나를 연결 짓느니 차라리 유(類)와 제건(諸犍)을 겨루게 하는 편이 쉬울 겁니다.*

열여섯 살에 수업을 모두 마쳤지요. 기적에 이름을 올리고 관기가 된 겁니다. 종종 나의 수궁(守宮, 처녀 표적)을 지우고 머리를 얹어 준 이가 누구냐는 질문을 받곤 합니다. 무엇이든지 처음을 중요하게 여기는 때문이겠지만, 정말 나는 살 수청을 든 첫 밤의 사내가 그립지도 원망스럽지도 않습니다. 가슴이 떨렸던가요. 얼굴이 부끄러움으로 발그레하게 피어올랐던가요. 열여섯 시절에는 고개를 들 수 없을 만큼 부끄럽고, 눈물이 뺨을 타고 목덜미까지 흘러내릴 만큼 슬프고, 작은 주먹이 바들바들 떨릴 만큼 억울했었지요. 사흘을 내리 굶었더니 거문고를 연주할 힘도 없었습니다.

---

* 유와 제건은 『산해경』에 나오는 상상의 짐승인데 각각 「남산경」과 「북산경」에 등장하므로 둘이 만나기란 거의 불가능하다.

그 새벽 새끼할머니가 조용히 내 방문을 열고 들어왔답니다. 흔들리는 마음을 붙들기 위해 모진 말만 골라 했지요. 잊지 말아라. 우리네 신분은 관기이고 관기는 관아에서 정해 주는 사내를 극진히 모셔야 한다. 딱딱하고 어색한 구석이 없지는 않겠지만 최대한 마음을 감추고 관기답게 행동하거라. 어머니가 되라면 어머니가 되고 딸이 되라면 딸이 되고 소나 말이 되라면 소나 말이 되고 술잔이 되라면 술잔이 되어라. 네 이름이 무엇이고 친족이 어찌 되는가는 잊어라. 새끼할머니는 그때 벌써 사성기(士成綺)를 꾸짖는 노자의 가르침을 알고 계셨던 걸까요.*

이천석(二千石, 지방 수령의 별칭. 여기서는 개성 유수를 가리킨다.)의 명에 따라 그날로 기생 수업을 마감하는 동기 일곱이 객사로 불려갔습니다. 군관청을 오른편으로 끼고 돌 때부터 어머니의 가야금 소리가 귀를 울렸지요. 방문을 열자 향기로운 웅어(雄魚, 곰과 생선) 내음이 코를 찔렀습니다. 녹설(鹿舌, 사슴의 혀)과 표태(豹胎, 표범의 태)가 상 중앙에 놓였고, 황석어(黃石魚, 노란 조기)와 말린 팔대어(八帶魚, 문어), 제

---

*『장자』에 나오는 내용이다. 사성기가 성인이라는 이름에 집착하자, 노자는 설령 성인이 아니라 소나 말로 불리더라도 그렇게 불릴 만한 사실이 있다면 받아들여야 한다고 가르친다. 중요한 것은 세상 사람들에 의해 평가되는 '이름'이 아니라 그 '이름'이 붙게 되는 사실 그 자체다.

곡(齊穀, 껍질이 자색인 작은 조개)과 석화가 좌우에 펼쳐졌으며, 죽순 절임과 제주도에서 가져온 표고와 삼척의 올미역도 보였어요. 죽엽청(竹葉淸, 푸른빛이 도는 맛있는 술)에 취하고 가야금 소리에 취한 양반들의 눈길이 일제히 우리에게 쏠렸지요. 행수기생인 새끼할머니가 우리들 한 사람 한 사람의 이름과 나이를 말하자, 그들은 헛헛 헛기침을 쏟으며 고개를 끄덕였습니다.

　마흔을 넘겼을까요. 수염이 가슴까지 흘러내린 사내가 엉거주춤 일어나서 내 머리에 손을 얹었습니다. 나머지 양반들도 제각각 마음에 드는 동기의 머리에 손을 얹어 첫 밤의 권리를 얻었지요. 원래는 머리에 손을 얹은 이가 마음에 들면 댕기를 풀어 그의 소매 속에 넣고, 마음에 들지 않으면 조용히 한 걸음 뒤로 물러설 수 있는 법이지요. 세상 일이 배운 대로 되는 것이 거의 없듯, 그 자리에서 뒤로 물러선 이는 한 사람도 없었답니다. 제목은 기억나지 않지만 술자리를 마치기 전에 노래도 불렀던 것 같습니다. 거문고를 연주하고 싶었지만 술 몇 잔을 올리고 내려받다 보니 손가락 끝이 무뎌지더군요. 수청방으로 자리를 옮긴 다음 주안상을 다시 받았습니다. 그 사내는 거의 정신을 잃을 만큼 술을 마신 후에야 내 손목을 잡아끌더군요. 이름이 무엇이며 나이가 몇이며 누구누구에게 노래와 악기를 배웠는지

묻지도 않았어요. 먼저 묻기 전에는 결코 입을 떼지 말라고 새끼할머니가 누누이 강조했지요. 사내의 손이 우악스럽게 젖가슴을 만지는가 싶더니 나를 뒤로 밀어젖혔습니다. 잠시 후 사내는 코를 골며 잠들었고 나는 그가 남긴 우상(羽觴, 깃털처럼 가벼운 술잔)을 엎었지요. 첫 밤을 함께한 사내의 바지저고리를 평생 간직하는 것 또한 관습이었으나 나는 그에게 받은 바지저고리를 갈기갈기 찢어 아궁이에 던졌어요. 순종을 위한 순종이 나를 점점 벌레로 만들 것이라는 불길한 예감이 들었답니다. 물론 사와 대부에게 의지하여 더 많은 여유를 얻어 내는 길도 있지요. 이름이 나는 만큼 재물과 시간이 허락될 테니까요. 내가 원한 것은 가끔 누리는 여유가 아니라 완전한 자유였습니다. 그때는 비록 어렴풋하게 이런 운명을 감지할 뿐이었지만, 권세나 관습에 스스로 머리를 숙이고 들어가서는 안 된다는 것을 깨닫기 시작했지요. 내 뜻대로 밀고 나가는 삶이 시작된 겁니다.

회초리를 맞는 한이 있더라도, 이설옥(犁舌獄, 혀를 함부로 놀리는 사람이 가는 지옥)에 가더라도, 먼저 말을 건네야겠다고 결심했지요. 꿀 먹은 벙어리처럼 가만히 있으면 나란 존재는 그야말로 노리개에 불과할 테니까요. 황망스레 돗자리를 푸른 솔 아래 깔고 새벽 종 울리는 시간까지 사랑을 나누겠다는 욕심보다 최소한 마음을 주고받는 사람이 되어야겠다는 오기가 생겼답니다.

　사내들, 특히 사대부만큼 허점이 많은 인간도 드물 겁니다. 입으로는 공맹이 어떻느니 초패왕과 한고조가 어떻느니 떠들고, 손으로는 두보를 넘어서며 이백을 발아래 둔다고 자랑하지만, 어느 것 하나도 제대로 이룬 이가 없지요. 실력을 부풀리며 평생을 진사네 생원입네 지내는 겁니다. 그런 이들의 코앞에서 이백과 두보의 시 중 어느 것이 더 뛰어나며 그 이유가 무엇인가를 묻는다거나 태극(太極)과 무극(無極)의 관계를 설명해 달라고 하면, 대부분 말더듬이가 되거나 호통을 치기 십상입니다. 남자는 안에서 벌어지는 여자의 일을 말하지 않고 여자는 밖에서 일어나는 남자의 일을 말하지 않는 것이 법도에 맞다는 소리를 수도 없이 들었지요. 군자가 앞서면 신하가 따르고 아버지가 앞서면 자식이 따르며 형이 앞서면 동생이 따르고 연장자가 앞서면 젊은이가 따르며 남자가 앞서면 여자가 따르고 남편이 앞서면 아내가 따르니, 고귀한 자가 앞서고 비천한 자가 뒤지는 것은 천지가 운행하는 질서라고도 했습니다. 여자가, 그것도 관기 주제에 어찌 사와 대부의 실력을 살필 수 있느냐는 비웃음이지요. 그들은 항상 정해진 답만을 요구했습니다. 내가 누구인가를 아는 것보다는 나란 관기로부터 얻을 수 있는 기쁨에 관심을 두었던 겁니다. 손놀림 하나 눈짓 하나에도 그들은 은밀한 즐거움을 품고 있었습니다. 끝끝내 나의 깊고 먼 눈동자를 들여다보지 않았지요. 내가 그들과 시를 논한 까닭은 재주를 뽐내어 오방낭자(어린이가 착용했던 오색 비단 두루주머니)에서 줄 향 노리개(상궁이 착용한 노리개)가 되고 다시 대삼작 노리개(가장 호화롭고 큰 노리개)가 되기 위함이 아니었답니다. 그들의 여가를 즐겁게 해 주는 술이나 안주에 덧붙어 이주곡(伊州曲)이나 양주곡(凉州曲)과* 함께 늙어 가기를 원하지 않았던 것이지요. 아름답지 못하고 방자하다는 비난을 듣더라도, 저 시업(詩業)의 위대함과 시마(詩魔, 시인으로 하여금 시만 생각하고 시만 짓도록 만드는 귀신)의 지독함을 보임으로써 나만의 자리를 만들고 싶었습니다. 섶사냥(연기를 들여보내 짐승을 잡는 사냥법)을 당하더라도 끝까지 나만의 굴에서 나가지 않을 작정이었답니다. 『당음(唐音)』과 『삼체시(三體詩)』, 『당시고취(唐詩鼓吹)』를 논하며 그 뜻과 흥이 뛰어난 시를 들려 달라고 했지요. 뜻밖의 청을 받은 사내들이 물러서면 더욱 그들을 궁지로 몰았습니다. 나를 다 드러내 보임으로써 그들로 하여금 가면을 벗게 만들었습니다. 하늘 끝에서 이백을 그리워[懷]하기도 하고, 봄날에 이백을 그리워[憶]하기도 하며, 이백의 꿈

---

* 당나라 기생들이 즐겨 부르던 곡조다.

도 꾼다고 자세히 읊은 다음 그와 같은 벗이 없음을 아쉬워하는 긴 한숨을 토했답니다.

처음 몇 번은 작은 승리의 쾌감을 즐기기도 했지요. 시마에 들린 황 모의 술잔을 받으려면 이백과 두보를 달달 외워야 하며, 거문고 소리까지 대접받기 위해서는 태평소를 불어 달을 흔들겠노라 장담한 포은의 호방함을 넘어서는 시를 짓거나, 위언(韋偃, 당나라의 화가)을 따르는 백송과 기암을 그려 보이거나, 그런 재주가 없으면 거센 물결을 잠잠하게 만드는 용음(龍吟, 용의 울음소리)을 지닌 피리라도 건네야 한다는 풍문까지 돌았답니다. 완승의 날들이 쌓일수록 공허함이 커졌습니다. 두보를 발견했을 때의 기쁨에 비해 이런 겨루기란 얼마나 하찮은 일인지요. 송도의 어리석은 사와 대부들을 넘어선다고 달라지는 건 없답니다.

객사나 내헌으로 불려가는 일이 점점 줄어드니 비로소 혼자 무엇인가를 할 수 있게 되었지요. 걸음마를 시작한 후로는 늘 무리 속에서 지냈어요. 그 배움이 전혀 무의미하지는 않았지만, 마음을 추슬러 모아서 기쁨과 노여움, 슬픔과 즐거움을 발동하지 않은 채 공부에 열중하지는 못했습니다. 푸른 산 마주 대해도 시를 읊지 않고 안으로 안으로만 파고드는 법을 몰랐으니까요. 서책을 가까이 두고 이해가 되지 않는 부분은 거듭 읽으며 사물을 탐구한(格物) 시절은 그래도 열여섯 살부터 스무 살 이쪽저쪽이 아니었나 싶네요. 밤을 꼬박 새워 서책을 읽고 나면 밥으로도 메울 수 없던 허탈한 기운이 어느새 사라지곤 했으니까요. 송도라는 이 작은 도시의 망극한 운명을 확인하고 퉁퉁 부은 눈으로 만월대를 찾기도 했지요. 서책을 통하면 세상 만물 모두가 저마다의 의미를 지니고 있답니다. 비로소 우리의 삶이 학생일 수밖에 없는 이유를 희미하게나마 깨달은 겁니다. 배움이 조금씩 깊어 갈수록 이 배움을 함께 나눌 지음이 그리웠지요. 내 곁에는 아무도 없었습니다.

지음(知音)

날이 훤히 밝았는데도 흰 이슬이 사라지지 않습니다. 천지에 가을바람만 가득하기 전에, 피리 소리 처량해서 들을 수 없기 전에, 멀리 있는 벗들에게 음서(音書, 편지)라도 띄워야겠어요. 덕(德)으로써 벗하던 시절을 잊지 않고 있다고 말입니다. 빈자리를 다른 이로 채우는 것처럼 어리석은 일은 없답니다. 혜강(嵇康)과 완적(阮籍)을 거론하며 이담지(李湛之, 고려 시대 문신)의 어리석음을 책망한 백운거사(白雲居士, 이규보)를 새삼 떠올릴 필요도 없지요.*

---

* 혜강과 완적은 중국 진(晉)나라의 죽림칠현에 속했던 인물로, 이를 흉내 내어 고려에도 칠현이 있었다. 칠현 중 오세재가 죽자 이담지가 이규보로 그 빈자리를 메우려 하였다. 이규보는 죽림칠현의 혜강과 완적이 죽은 후 그 자리를 계승하였다는 말을 듣지 못했노라며 이담지를 비판했다.

밤잔물(밤을 지낸 자리끼) 치우고 마당으로 내려서니 청산 그늘 지나가던 꾀꼬리가 빙글 원을 그리며 인사하네요. 봄에는 여름을 넘기기 힘들 것 같더니 질긴 것이 사람의 목숨인지라 이 가을의 맑은 기운을 접하게 되었습니다. 일찍이 스승은 작은 부채를 부치면서도 백성들의 더위를 씻어줄 시원한 바람을 만들고 싶어 하셨지요. 변변찮은 공으로 자자손손 영화를 누리는 정국 공신들(중종 반정에 참여한 공신)과 잘잘못을 가리지도 않고 부귀와 공명을 향해 부나비처럼 달려드는 외척들(명종 초기에 권력을 장악한 윤원형 일파)을 몰아내고, 천명(天命)을 높이 받들어 만백성이 행복한 시절을 원하셨던 것이지요. 호미 메고 운암(雲巖)에 올라 약초 찾으며 청빈을 되돌아보고 싶은 마음 간절하지만 아픈 무릎과 가쁜 숨을 핑계 삼습니다. 마루에 겨우 앉아 뭉게구름 닮은 바위 아래를 휘휘 감싸는 도래샘 소리나 그리워한답니다. 스승이라면 이 아침에 곽박(郭璞, 진나라의 뛰어난 학자이자 시인)의 유선시(遊仙詩) 열네 수를 천천히 외우며 꽃못이 은자들의 보금자리였던 영계(靈谿, 곽박이 자주 찾던 중국의 청계산) 못지않음을 다시 확인하셨겠지만, 나는 세상을 널리 여행한 목천자가 요지(瑤池, 전설 속의 연못으로 서왕모가 사는 곳)를 바라보며 서왕모와 술잔을 기울이는 대목을 갑자기 읽고 싶어졌습니다. 천하를 호령한 그들에게도 가슴

아픈 이별이 있었지요. 서왕모가 생(笙)을 불 때 하늘만 쳐다보던 사내여. 그 눈길 더듬으며 후일을 기약하던 애틋한 마음이여. 그때나 지금이나 머물러 기다리는 서왕모보다는 세상을 주유하는 목천자에게 더 끌리네요. 내가 꽃못에서 10년이나 머무른 것도 작은 기적이라면 기적일 겁니다. 떠나고 싶은 마음이 왜 없었겠습니까. 풍광에 감탄할 나이도 아니고 새로운 만남에 설레임을 품을 열정도 없지만, 올겨울을 무사히 넘기면 꼭 한 번 남행을 하고픈 바람은 있지요. 아직 누구에게도 말하지 않았으나 꽃못이 아닌 다른 곳에서 새로운 지음과 전혀 다른 꿈을 꾸고 싶네요.

송도를 떠나기 위해서는 관기 노릇을 그만두어야 했지요. 관기는 늙고 병들어 더 이상 기쁨을 줄 수 없을 때 비로소 물러나 쉴 수 있답니다. 유수의 허락 없이는 결코 회빈문(會賓門, 송도 나성의 정남문)을 나설 수도 없지요. 법가의 소은(少恩, 은혜를 베풀지 않음. 관기에 대한 법이 엄함을 뜻함)이 강조된다 해도 사람의 일에는 예외가 있음을 눈치채는 데 그리 긴 시간이 들지 않았답니다. 유수의 허락만 떨어지면 새로운 삶을 얻을 수 있었으니까요. 쉬운 일은 아니었지요. 지척인 한양으로 조금이라도 잠음이 흘러 나가면 문운(文運)이 꽉 막히기에 유수들은 각별히 몸조심을 했지요. 그들의 마음을 움직일 큰 미끼가 필요했어요.

유수들 중에는 학덕이 높고 음률에 능한 이도 있었지요. 허태휘가 궁금하게 여겼던 10년 전 송 공(宋公, 송겸)*과의 일도 그가 워낙 뛰어난 인물이기에 가능했답니다. 그때는 이미 나이도 많고 긴 여행 끝에 송악으로 돌아왔던 터라 관아로 나아가서 노래를 부를 처지가 아니었어요. 송 공이 아닌 다른 이의 부름이었다면 정중히 거절하고 몸을 숨겼을 테지요. 문신 정시(庭試, 나라에 경사가 있을 때 보는 과거)에서 수석을 차지한 이의 실력을 눈으로 직접 확인하고 싶었답니다. 지금 개성 유수로 있는 송 공(송순)**의 학문도 대단하지만 그 시절의 송 공(송겸)도 그에 못지않았지요. 내가 너무 앞서가는 것 같네요. 송 공과의 일은 유랑에서 돌아온 후이니 다른 자리에서 재론하기로 하고 스무 살 시절로 돌아갈까 합니다.

미끼는 뭐니 뭐니 해도 꾼돈(뇌물)이 최고입니다. 송악에는 거금을 만지는 장사치들이 넘쳐 났지요. 팔도의 재물이 송악으로 모여들었으니까요. 허명(虛名)이 조금씩 부풀기 시작한 후로는 송상(松商)처럼 철저하게 이문을 챙겼습

---

* 송겸(宋璡)은 중종 33년(1538)~중종 37년(1542)까지 개성 유수를 지내면서 서경덕과 깊이 사귀었다.
** 이때의 개성 유수는 「면앙정가」의 작가로 유명한 송순(宋純)이다.

니다. 아무리 좋은 자리라도 보답이 적으면 가지 않았어요. 새끼할머니와 어머니는 돈만 밝히는 몽니쟁이(음흉하고 심술궂게 욕심을 부리는 사람)를 닮아 간다고 걱정했지요. 춤이면 춤, 악기면 악기, 그 자체에 몰입하는 삶을 원했던 겁니다. 관아에 갇힌 채 보잘것없는 재주에 만족하며 늙어 가기를 바라지 않았어요. 사와 대부들이 자랑스럽게 떠들어 대는 금강과 두류의 기이함도 구경하고 당도리(바다로 다니는 큰 나무배)를 타고 나가서 저 멀리 제주와 울릉의 양후(陽候, 물귀신. 큰 파도를 뜻함)도 만나고 싶었답니다. 돈과 재물은 그 바람을 이루기 위한 방편이었지요.

이상한 것이 사람의 마음이라더니, 버티면 버틸수록 노랫값과 춤값, 연주값이 더욱 올라갔습니다. 산삼 열 뿌리나 비단 100필, 준마 스무 마리는 가지고 가야 황 모의 얼굴을 볼 수 있다는 풍문이 방방곡곡으로 퍼져 나갔지요. 한 달에 한두 번 얼굴을 보여 주고 시 한 수 읊는 것만으로도 큰돈을 만졌답니다. 돈을 받고 몸을 팔았다며 나를 벌레만도 못한 인간으로 몰아붙이는 눈길이 있는 줄 알지만, 돈만 들고 온다고 누구에게나 얼굴을 보인 것은 아니었어요. 과연 이 사내가 돈 말고는 자랑할 것이 없는 인간인가를 곰곰이 따졌지요. 평생 돈을 벌기 위해 최선을 다한 것이 어찌 비난받을 일이겠습니까. 돈이든 시문이든 춤과 노래든, 범인이 감히 넘보지 못할 수준에 올랐다면 그에게는 배울 바가 적지 않지요. 골방에서 공맹만 읽으며 세상의 칭찬이란 칭찬은 다 듣는 여섯 가지 백성(선비)*보다는 압록강 너머 드넓은 고구려의 옛 땅과 산해관을 지나 중원까지 다녀온 거상(巨商)들에게서 참인간의 풍모를 엿본 경우가 훨씬 많았답니다. 그들이 돈을 내민 까닭도 썩어 없어질 몸이 탐나서라기보다는 나란 인간으로부터 다른 무엇인가를 얻기 위함이었지요. 여불위가 재물로써 자초(子楚)를 얻고 그 덕분에 진시황의 중부(仲父)로 불리며 한때나마 천하를 호령한 것처럼, 그들 역시 나와 큰 거래를 튼 것입니다. 내 집 곳간이 미오(郿塢, 동탁이 엄청난 재물을 쌓아 두었던 성채)를 닮아 갔다는 것은 그만큼 나를 찾는 송도와 한양의 벼슬아치들이 많았다는 뜻이니, 송상들에게 몇 가지 작은 도움을 주는 것이야 어려운 일이 아니지요.

나는 평생 세 부류의 사내들에게 잣나무배 오르기(황진이 자신과 교유함을 뜻함)를 허락했습니다. 먼저 송도의 거상들이 있지요. 스무 살 시절에 만난 몇몇 거상은 지금까지

---

*『한비자(韓非子)』, 「육반편(六反篇)」에서는 세상의 칭찬을 듣는 여섯 가지 백성으로 선비를 지목한다. 이러한 칭찬은 비난받을 짓만 골라 하면서도 세상의 눈과 귀를 속이는 선비의 옳지 못한 행태를 반어적으로 지적한 것이다.

도 내 뒤를 보살펴 주고 있답니다. 어젯밤 꽁무니바람이 쓸쓸하다 하여 패물과 곡식을 보낸 이도 그중 한 사람입니다. 인연을 맺은 다음부터 그들은 나를 나이 어린 여동생으로 대했고 나 역시 그들을 출세한 오라비로 대접했습니다. 가끔 동침을 원하는 경우도 있었으나 대부분 누구에게도 밝히기 힘든 속 깊은 이야기를 의논하는 것으로 만족하였어요. 말이 좋아 거상이지, 세상에 돈처럼 더럽고 야비하며 예측할 수 없고 큰 힘을 지닌 것이 어디 있겠는지요. 송상의 가장 큰 고민은 한양의 부상대고를 누르고 대국(大國, 명나라)이나 야인(野人, 여진족)과의 거래에서 주도권을 행사하는 것이었어요. 한양과 송도의 거상은 그 뿌리가 같지만 돈 앞에서는 이런 인연도 무시됩니다. 송도를 흉내 낸 한양의 시전은 청출어람이란 말이 어울릴 만큼 크고 넓지요. 물론 전 왕조(고려) 시절 송도의 시전도 대단했습니다. 십자가(十字街)에서 흥국사를 거쳐 광화문 앞까지 뻗어 내린 거리에는 사시사철 새로운 물품들이 들어왔으며, 자남산 서쪽 산록의 유시(油市, 기름 종류만 거래하던 시장), 십자가에서 수륙교에 이르는 지전(紙廛, 종이만 거래하던 시장), 그 곁의 마시(馬市)와 돈시(豚市)에도 사람들이 몰렸으니까요.

요즈음 대국과 장사를 하려면 반드시 은(銀)이 필요합니다. 철물, 우마, 금은, 주옥, 보석, 염초, 군기 등을 나라 밖

상인들과 거래하는 자는 사형에 처하고, 사사롭게 은을 캐거나 유통시키다가 잡혀도 죽음을 면하기 어려우니 진사(眞絲)와 채단(綵緞), 호박영자(琥珀纓子), 백옥입식(白玉笠飾)을 대국에서 은밀히 들여오기 위해서는 모험을 할 수밖에 없었어요. 한양 상인들은 미리 손을 써서 조정 대신들의 눈과 귀를 막았기에 안전하였지만 송상들은 더러 발각되어 화를 당하기도 했답니다. 한양 상인의 고변이 있었다는 소문 때문에 두 성(城) 상인들의 반목은 심해졌지요. 한두 푼의 싸움이 아니라 도시 전체의 흥망을 건 흥정이 한 달에도 서너 차례씩 이어졌답니다. 무용담 아닌 무용담을 듣고 있노라면, 한순간의 선택으로 전부를 얻기도 하고 잃기도 하는 시전판에서 20년 넘게 거상으로 군림하는 그들이 새삼 존경스러웠지요. 그들이 모두 정도(正道)를 걷는다고 생각하지는 않습니다. 권세가 필요하면 권세를 빌리고 유언(流言)이 필요하면 무리의 입을 빌렸겠지요. 변함없는 사실은 눈앞의 작은 이익을 위해 일을 꾸민 사람치고 1년을 넘기는 이가 없다는 겁니다. 편법을 쓰더라도 멀리 내다보고 행할 때에만 뒤탈이 없지요. 나에 대한 그들의 배려 역시 당장은 손해겠지요. 그들은 서찰 한 장 받지 않고 집 한 채 값을 선뜻 내밀며, 돈이 아니라 황 모를 믿는다고 했답니다. 사람에 대한 믿음은 장사치는 물론이거니와 도를 깨우치기 위해 노력하는 이들이 마지막으로 넘어야 하는 관문이지요. 믿지 못할 사람을 믿었다가는 큰 낭패를 볼 것이고, 믿을 만한 사람을 믿으면 당장은 아니어도 큰 보답이 따르기 마련이지요. 사정이 이러한데 어찌 그들이 나의 지음이 아니겠습니까.

나보다 음률에 능한 사내도 기꺼이 대접했지요. 문둥병자이거나 빌어먹는 거렁뱅이라고 해도 개의치 않았어요. 득음의 길이 얼마나 험난한지를 알기에 먼저 달려가서 손을 내밀었습니다. 뒤늦게 만난 악공 엄수(嚴守)는 꽃못까지 직접 뫼셔 와서 신기에 가까운 솜씨를 석 달 동안 구경하기도 했답니다. 그의 가락은 가을비 속을 가는 수레 같기도 하고 꺼질 듯 다시 밝는 쇠잔한 등불 같기도 했지요. 바람이 무서워 웅크린 연잎 같기도 하고 그 연꽃 위로 후두두 떨어지는 만 점 물방울의 울음 같기도 했답니다. 황감하게도 그는 나를 선녀에 비겼지만 그 사람이야말로 마음이 외물에 어떻게 감응하여 악(樂)을 만드는가를 꿰뚫고 있는 천하 제일의 악공이었답니다. 고(瞽, 주나라에서 음악을 관장한 벼슬아치)도 그에게는 미치지 못하지요. 우리가 젊어 만났더라면 시간을 잊고 장소를 버린 채 팔도를 훨훨 떠다녔을 겁니다. 혼인도 않고 자식도 없이 가야금에 의지하여 보낸 삶에 후회는 없는지요, 물었더니 세상에 아무것도 남기지 않고 가는 것이 오히려 기쁘다 했답니다. 무엇인가를 남긴다는 것은 집착을 키우는 일이며 집착이 자라면 편히 죽음을 맞을 수 없다는 것이지요. 글 한 자 모르지만 가히 임류(林類, 위나라의 은사)의 경지에 닿아 있었습니다.

목소리의 아름다움으로 견주자면 이언방(李彦邦, 명종 시절의 명창)을 넘어서는 이가 드물지요. 서경(西京, 평양)에서 200여 명의 교방 기생을 노래로 눌렀다는 풍문을 듣고 거듭 만나기를 청하였으나 번번이 거절당했지요. 내키지 않으면 아예 모습을 감춘 채 1년이고 2년이고 명산대천에서 숨어 지내는 사내. 금상(今上, 명종. 재위 1545~1567)이 용상에 앉으신 후 긴 유산을 마친 그가 귀향하였다는 연통을 받았지요. 찾아뵙겠다고 사람을 넣으면 다시 사라질까 두려워 기별도 않고 만나러 나섰지요. 스승의 병환이 염려스러웠으나 그의 목소리를 듣지 않고는 간병도 제대로 할 수 없을 지경이었어요. 처음 그를 만났을 때의 황망한 심정이 세월이 꽤 흘렀는데도 또렷하게 떠오릅니다. 마당에 나와 있던 그는 허리띠도 끄르고 갓끈도 매지 않은 채 풀어 헤친 가슴을 두드리며 무엇인가를 읊조리고 있었답니다. 청아한 음색만큼이나 단정한 몸가짐과 선이 고운 미소를 기대했던 나로서는 놀라지 않을 수 없었지요. 저 미치광이가 정녕 계집보다도 더 계집의 목소리를 잘 낸다는 이언방이란 말인가. 낯선 이에게 모습을 드러내는 것이 싫었는지 그는 자신이 이언방의 동생이라고 거짓말을 했지요. 상상했던 옷차림은 아니었지만 사내의 비범함을 곧 알아차렸답니다. 탈속을 이룬 자가 아니고서야 어찌 그런 복색으로 마당을 거닐 수 있겠는지요.

그에게 노래를 한 곡 청하였지요. 애써 탁음을 흉내 내었지만 그 목소리는 붉은 꽃 흰 꽃이 봄바람에 다투고 천상의 음악이 비단 장막에 엉기는 듯하였습니다. 오래 묵은 소식을 전할 때 실낱같이 헝클어지는 마음이라고나 할까요. 이 세상 단 하나의 목소리였지요. 단정하고 아름다운 데다가 깨끗하며 맑은 소리를 만들 때까지 수많은 고비가 있었을 겁니다. 시 한 편에 삶 전체가 녹아드는 것처럼, 노래 한 소절에 지난 세월의 고통이 담겨 있었지요. 배고픔을 배고픔이라 하고 기쁨을 기쁨이라 하는 것은 쉽습니다. 심장에 큰 구멍이 뚫려 눈물이 흘러내리는데도 청아한 소리를 낼 수 있을 때 진정 음률이 무엇인가를 아는 것이겠지요. 청아한 소리 자체가 고통의 다른 모습이니까요. 가장 슬플 때 웃음을 터뜨린다는 속언에는 진실이 담겨 있습니다. 바다의 깊이를 헤아리지 못한다고 우물 안 개구리를 탓하는 자라처럼, 그는 사흘 밤 사흘 낮 동안 쉼 없이 노래를 불러 주었

지요. 한번 걸음한 산을 다시 찾지 않는 유산가(遊山家)처럼
단 한 구절도 반복하는 법이 없었어요.

　무엇이 당신을 흔드느냐고 물었습니다. 그는 오로지 자
신이 얻은 소리로 인해 괴롭다고 했습니다. 음을 갈고 다
듬을수록 이 혼탁한 시절과는 어울리지 않는다는 것이지
요. 소리를 감추고픈 바람과 소리로 자신을 드러내고픈 바
람 사이에서 사지가 찢어진다고 했어요. 소리와 어울리는
곳을 찾아 산천을 돌아다녔답니다. 물론 자연은 스스로 아
름답지만 나무와 풀과 새들과는 하나 되기 힘들었다는군
요. 마을로 돌아와서 그동안 인간들이 범한 죄를 듣노라면
차라리 광인 흉내를 내는 편이 나을 것 같았대요. 미친 세
상에서 미치지 않은 사람이 바로 미친 사람이다. 낮에는
옷 풀어 헤쳐 찾아오는 이를 쫓고, 붉은 노을이 먼 나루터
에 기대면 이백과 두보의 시를 읊으며 유하(流霞, 신선이 마
신다는 술)에 취해 옛 시절을 그리워했다는군요. 대윤(大尹)
이니 소윤(小尹)이니 시끄러운 세상을 향해 침 뱉으며 괴
로워하는 이가 또 한 사람 있었던 것이지요. 나도 오랫동
안 비슷한 고민을 해 왔습니다. 하루하루 솜씨가 느는 기
쁨은 컸지만 춤사위나 거문고 가락이 나아진다고 해서 세
상이 달라지는 것은 아니니까요. 극진한 고에 이르면 음률
을 익히는 일과 세상을 다스리는 일이 어긋남 없이 이어진

다지만 더러운 늪에서 아름다운 연꽃이 피는 이치를 헤아리기에는 배움이 부족했습니다. 아름다움은 아름다움이고 더러움은 더러움이라고만 받아들였지요. 의(義)를 아는 미친 가객이 내 삶의 다섯 달을 차지했답니다. 나 역시 슬픈 노래 부르며 잠 못 이루었고 베개 어루만지며 눈물 떨구었지요.

음률에 약간 재주가 있다 하여 함부로 덤빈 사내도 여럿 있습니다. 교묘한 손놀림에 의지하여 음탕하고 안일한 것을 좇아 색(色)을 품으려는 풍류랑 말이에요. 거문고를 가까이하고서도 사특하고 더러운 기운을 씻어 내지 못하였으니 내가 나서서 도와줄 수밖에 없었답니다. 어떤 이는 황 모가 벽계수(碧溪守)에게 마음을 열었다지만 나는 그에게 손목 한번 허락한 적이 없지요. 그가 누(樓)에서 거문고를 연주할 때부터 유난히 고개를 숙이고 어깨를 흔드는 것이 자연스럽지 않았어요. 난릉(蘭陵)의 울금향, 그 맛난 술을 마시고 절로 흥에 겨워 추는 춤이 아니었으니까요. 거문고를 켜는 것 외에는 만물에 무관심한 표정이었으나 사실은 근처를 맴도는 바람 소리 하나에도 신경을 썼지요. 그의 곁에 앉아만 있어도 쿵쾅거리는 심장 소리가 들릴 정도였답니다. 음률로 친교를 맺으러 왔다면 취적교에 닿기도 전에 돌아보지는 않았을 겁니다. 지음의 기쁨을 맛보러 왔다면 내 얼굴 따위가 무슨 값어치가 있겠는지요. 내 노래를 듣자마자 멈춰 선 것은 가슴 저 밑바닥에 감춰 두었던 헛된 바람이 스스로 일어섰기 때문이지요. 가라말(黑馬)에서 떨어진 그를 일으켜 주었냐구요. 거문고 때문에 나를 찾은 것이 아닌데 어찌 그를 맞아들일 수 있겠는지요. 이후에도 그는 몇 차례 더 연통을 넣었지요. 얼굴만 보여 주어도 와가 한 채는 능히 살 돈을 주겠다고도 했고, 유수를 앞세워 달래고 어르고 겁을 주기도 했지요. 당길수록 더 멀리 물러서는 황 모의 습성을 몰랐던 것입니다. 벽계수만이 아니지요. 대부분의 사와 대부는 나를 손바닥 위에 올려놓을 수 있다고 여깁니다. 기생 따위가 감히 고개를 젓겠는가. 나의 거절을 해웃값을 올리려는 수작쯤으로 여기고 돈과 재물과 명성과 권세를 차례차례 들이밀며 자주 고름 풀기를 강요하지요.

거문고를 지고 와서 진심을 담아 연주했다면 하룻밤 대작을 허락했을지도 모릅니다. 사실 그의 거문고 솜씨는 군계일학이었거든요. 진심만 실린다면 웬만한 악공을 능가할 정도였어요. 낙마의 충격이 컸던 탓일까요. 그는 큰길로 곧장 다가서는 것을 포기하고 샛길만을 고집했습니다. 샛길에서 사내를 만날 황 모가 아닌데도 말이에요. 무심한 달빛

만 싣고 빈 배 저어 오는 것을 즐긴 월산대군(月山大君)*처럼, 술과 시와 음률에 능한 종실을 달밤에 만나서 도연명보다도 맑은 시를 구경하는 기쁨은 내 인생에 없나 봅니다.

　마지막으로 시에 남다른 재주를 보인 사내라면 버선발로 마중을 나갔지요. 조선의 사와 대부치고 시 한 수 짓지 못하는 이가 없지만 만당(晩唐)의 격에 어울리는 시는 지극히 드물었어요. 강서(江西)의 시풍(중국에서 소식의 시를 이으면서 가장 송시적인 특질을 구현한 일군의 시인)에 어울리는 작품도 찾아보기 힘들지요. 그런 형편이었으니 시의(詩意)를 아름답고 정확하게 옮기기 위해 수도 없이 퇴고를 거듭한 양곡(陽谷)**은 아무리 칭송해도 부족할 따름입니다. 긁어도 긁어도 또 긁고 싶어지는 가려움증을 앓듯, 쓰고 쓰고 또 쓰면서 고치고 고치고 또 고쳤으니까요. 구용(九容, 군자의 훌륭한 아홉 가지 행동)을 갖춘 그는 특히 글자를 포개어 대구를 만드는 데 남다른 재주를 지녔지요. 단순히 글자를 늘어놓

---

*이름은 정(婷), 자는 자미(子美), 호는 풍월정(風月亭)이다. 추존왕 덕종의 맏아들이며 성종의 형이다. 성품이 결백하고 술을 즐기며 산수를 좋아하였다. 부드럽고 율격이 높은 문장을 많이 지어 이름이 높았다.
**소세양(蘇世讓, 1486~1562). 조선 전기의 문신. 자는 언겸(彦謙)이고 양곡은 그의 호다. 문명이 높고 율시에 뛰어났으며 송설체를 잘 썼다.

기도 했지만 때로는 글자 하나를 시 전체에 흩어 놓아 색다른 느낌을 만들어 내기도 한답니다. 네 번째 격률의 변화를 낳는다면 그것은 응당 양곡부터일 것입니다.* 경쇠 소리〔金石聲, 시문의 소리가 낭랑하여 문사(文辭)가 우아함〕 지금도 귀에 쟁쟁입니다. 율시에 남다른 재주를 보여 대국 조정에서도 칭찬이 자자했지만 나는 오히려 그의 짧고 단정한 절구들이 좋았어요. 초가을의 첫 만남에서도 절구의 경지부터 논했답니다. 그는 호음(湖陰, 정사룡)의 「파산관에 묵으며〔宿巴山館〕」와 용재(容齋, 이행)의 「정희량을 그리워하며〔憶淳夫〕」를 높게 평가했지요. 나는 용재를 그리며 감읍하는 그의 마음을 헤아리고 허암(虛庵, 정희량)의 「이행을 그리워하며〔憶擇之〕」를 낮게 읊조렸답니다. 「밤에 앉아서 차를 달이며〔夜坐煎茶〕」를 천천히 주고받은 다음 천고의 절조로 유명한 읍취헌(挹翠軒, 박은)의 「복령사(福靈寺)」로 인사를 마쳤지요. 시미(詩謎) 놀이(유명한 시인의 시 한 구절에서 핵심이 되는 한 글자를 지워 버리고, 원래 있던 글자 외에 그럴듯한 네 글자를 늘어놓아 제 글자를 찾아 맞추는 놀이)에서 나를 이긴 문사는 그가 유일하답니다. 남호(南湖, 정지상)의 뒤를 이어 부벽루 현판에

---

* 김종직은 『청구풍아』 서문에서 우리나라 시의 격률이 세 차례 바뀌었다고 지적하였다. 소세양이 네 번째 변화를 낳을 것이라는 말은 최고의 칭찬이다.

대대손손 시를 남길 이는 양곡뿐일 겁니다. 다음 날 천마산에 올라 복령사와 낭월사(朗月寺)를 지나 금장굴(金藏窟)까지 나아갔음은 밝힐 필요가 없겠지요. 큰 도를 찾으려다 여러 번 길을 잃었지만 그때마다 눈 어두운 소경 흉내로 위기에서 벗어났습니다. 해가 뜨면 나가서 유상(流觴, 흐르는 물에 술잔을 띄워 받아 마시는 놀이)을 즐기고 해가 지면 들어와서 시를 읽은 것이 한 달이랍니다. 시를 아끼는 그의 자세는 견줄 이가 없을 만큼 진지하였어요. 멀리서 시가 도착하면 장미꽃 이슬에 손을 씻고 옥유향을 뿌린 뒤에야 종이를 펼쳐 들었답니다. 일찍이 이백과 두보를 읽기는 했으나 당풍(唐風)과는 또 다른 송풍(宋風)의 참맛을 그로 인해 배웠어요. 대국에 가서 글재주만 뽐내고 왔다는 가당치도 않은 비난을 받고 지금은 고향에서 강호가도를 즐기고 있지요.

양곡이 그때 한 달 말미로 송도를 찾은 것은 사실입니다. 시에 능하다는 기생 황 모도 만나고 흠모하던 용재와 읍취헌의 발길을 더듬어 천마산을 둘러볼 요량이었답니다. 천마산을 둘러보는 일이야 보름이면 족하니 나머지는 황 모와 사귀는 시간이었지요. 황 모가 마음에 들지 않으면 보름만에 귀경길을 서두를 수도 있었답니다. 그가 송도로 오기전 벗들에게 어떤 장담을 했는지는 모릅니다. 달에 취하여 술을 마시고 꽃에 미혹되어 군왕도 섬기지 않는 그이기에 황 모와는 한 달이면 족하다고 장담했을 수도 있겠지요. 지정(止亭, 남곤)의 일*을 떠올리며 노가(勞歌, 멀리 떠나는 손님을 전송하면서 부르는 노래) 대신으로 시를 한 수 읊은 것도 사실입니다. 그날이 꼭 한 달은 아니었지요. 양곡이나 나나 그런 어쭙잖은 내기로 귀한 만남을 그르칠 까닭이 없었으니까요. 둘 중 한 사람의 마음이 멀어지는 순간부터 그 만남은 금이 가기 마련입니다. 그는 천마산뿐 아니라 다른 곳을 둘러보며 시흥을 만끽하기를 원했고 나는 그를 따를 형편이 아니었어요. 아쉬움은 컸지만 통곡하며 붙들 일은 아니었습니다. 이백과 두보의 만남과 이별도 이러했을 테지요. 서로 다북쑥 신세 되어 멀리 헤어지려니 손에 든 술잔이나 비우자는 이별의 시를 먼 길 떠나는 시우(詩友)에게 보였지요. 풍포(風蒲, 냇가에 자라는 버드나무. 이별의 증표) 가지도 하나 꺾었답니다. 그가 며칠 여정을 늦춘 까닭은, 굳이 토를 단다면 수압(睡鴨, 오리 모양 향로)에서 피어오르는 용연(龍涎, 향유고래의 분비물로 만드는 향이 진하고 값비싼 향료) 향기와도 같은 시의 흥취가 다할 때까지 조금 더 기다린 것이겠지요.

---

*남곤이 해주 기생과의 이별을 안타까워하며 시를 지은 일을 뜻한다.

너는 나다

시정의 노래가 음탕하고 외설스럽다고는 하나 특별히 사람을 감동시키는 정은 남녀의 사랑만 한 것이 없지요. 『시경』의 태반이 풍요를 채집한 것도 이런 이유입니다. 흰 이슬이 내릴 때 써 두었던 글*을 보고 허태휘가 오늘 기별을 보내왔네요. 보내고 그리는 정을 나도 모르겠다고 노래한 양곡까지 시우로 돌린다면 황 모가 진정으로 몸과 마음을 바쳐 사랑한 사내는 누구냐고, 따지듯 묻는군요. 먼 산 호랑이 지리산 넘듯 궁금한 일을 참지 못하는 성미는 여전합니다. 어찌 짚고 넘어갈 대목이 거기뿐이겠습니까. 천 근 값도 부족할 소중한 뜻을 글로써 조금이나마 갚고 싶지만

---

*앞 장 「지음」을 가리킨다.

재주가 워낙 부족한 탓에 마음을 상하게 했나 봅니다. 시인은 예로부터 시 때문에 곤궁한 법이건만 나는 시도 잘 짓지 못하고 기억도 맑은 편이 못 됩니다. 내가 아무리 청산(靑山)의 뜻을 가져도 사내들이 그저 녹수(綠水)의 정만 품었던 까닭이겠지요.

스물여섯 살로 접어들 무렵, 슬픈 일과 기쁜 일이 연이어 찾아왔답니다. 슬픈 일은 새끼할머니의 실종과 죽음이었지요. 행수기생 노릇을 그만둔 후로는 성인(聖人, 청주를 뜻함)과 현인(賢人, 탁주를 뜻함)을 가까이 두지 않으면 하루도 견디지 못했답니다. 예성강으로 훨훨 날아가던 그 아침에도 잔뜩 취한 채 시를 읊조렸지요. 강이 지는 해를 머금으니 황금의 물결이요 버들이 꽃을 날리우니 흰 눈의 바람일세. 흰 눈 바람 맞으며 황금 물결 속으로 걸어들어갔던 새끼할머니는 살점 다 떼어 주고 떠올랐습니다. 짐주(鴆酒, 짐새의 깃털로 담근 술. 독약)를 마셨던 걸까요.

송도 기생의 으뜸인 행수에 올랐으면서도 당신은 다른 삶을 원했는지 모릅니다. 가지 못할 길을 일찍 포기한 어머니와는 달리 새끼할머니는 붉은 마음을 끝까지 품고 있었던 것이 아닐까요. 겨우겨우 술로 달래던 기운을 참지 못하고 부슬비 뿌리는 예성강으로 뛰어든 것이겠지요. 외숙부는 상심한 내게 선물이라도 주듯 더 이상 관기 노릇을 하지 않아도 좋다고 했어요. 멀리 아주 멀리, 지평선 저 너머 석양이 번지는 곳까지 훨훨 날아가라 하셨답니다. 쉽게 송도를 떠날 수는 없었지요. 10년 가까이 벗고픈 멍에였는데, 막상 새끼할머니의 환송도 받지 않고 홀로 길을 나서는 것이 두려웠습니다. 어머니의 풍류가야금 곁에 조금 더 머물며 강물에 세월을 씻어 보냈지요. 혼자 만월대를 돌아보고 쇠락한 난간에 기대어 풍광을 살폈답니다. 좋은 술 있으면 손길 한 번 주고 그도 마땅찮으면 백아(伯牙)처럼 거문고 줄을 끊었지요.

가지 않으니 왔던 걸까요. 6년 넘게 나의 비로(毘盧, 태양)였던 사내를 추억할 때가 되었네요. 취적교(吹笛橋) 건너 천수원(天壽院)에서 이유 없이 말을 내린 선전관(宣傳官, 선전관청에 소속된 벼슬)이 있었지요. 경도(京都, 한양) 제일의 소리꾼 이사종(李士宗)이 나를 만나러 온 겁니다. 그는 이름을 밝히지 않은 채, 서경에 군령을 전하고 한양으로 돌아가던 선전관이 마침 천수원에서 며칠 말미를 얻었기에 송도 기생 황 모와 만나 풍류를 나누고 싶다는 기별을 넣었어요. 처음엔 가지 않았지요. 날을 택해도 단단히 잘못 고른 것입니다. 죽음의 흔적이 가시기도 전에 사내와 얼굴을 마주하고 싶지 않았습니다. 편히 쉴 수 있기에 죽음은 좋은 것이

라고 했던가요. 살아 있는 사람은 계속 길을 가는 사람이
고 죽은 사람은 고향의 품에 안겨 온갖 시름을 잊는 사람이
라고 했던가요. 새끼할머니의 죽음이 과연 편안하게 시름
을 잊는 일인지 모르겠네요. 자신의 고통을 끝까지 밀어붙
이기 위해 죽음을 택한 것이 아닐까 싶기도 합니다. 평안을
바랐다면 그렇게 처참한 몰골을 보여 주지는 않았겠지요.
저승에서도 계속 유랑할 것임을 온몸으로 드러낸 것이 아
니겠습니까.

　이틀이 지나고 사흘째 되던 날 아침까지 나는 계속 죽고
사는 문제에 휩싸였어요. 두 눈은 퀭하니 들어가고 목에는
가래가 들들들 끓었지요. 숟가락도 드는 둥 마는 둥 하고
마당에 나서는 것마저 꺼렸답니다. 아무리 설득해도 귀넘
어 듣는 나를 외숙부가 잡아끈 것은 이대로 두었다간 조
카딸까지 북망산으로 보내겠다는 걱정 때문이었지요. 은
하를 내리쏟는 박연도 싫고 흰 구름 가지런한 오관산도
따분하며 골짜기 깊은 자하동도 새끼할머니가 유난히 좋
아했던 곳이기에 마음이 가지 않았어요. 천수원의 산세와
물길이 좋다는 외숙부의 권유에 따라 그쪽으로 길을 내
었습니다. 나를 위해 백마까지 준비한 외숙부는 매월당이
춘천의 청평사(淸平寺)에서 지은 시를 낮게 읊조렸지요. 시
읊조리며 신선골에 들어가매 인생 100년의 시름이 사라지

기를 바랐겠지만, 나의 귀는 새 울어 외론 탑 고요하고 꽃 떨어져 실개울 흐르는 소리만 찾아 들었답니다. 이 계절의 참모습을 글로 옮겨 보라 권해도 그때는 풍경 위에서 감정을 엿보거나 초목 속에서 그 모양을 찾는 수고를 하고 싶지 않았지요.

화사한 봄 길은 서리 내린 늦가을 길보다도 춥고 을씨년 스러웠습니다. 나복교(羅伏橋)를 지나니 그 좋던 하늘에 먹구름이 차면서 봄바람이 빗방울을 몰고 지나갔지요. 은빛 대나무〔銀竹, 큰 비〕가 눈앞에 벌어지는 듯했답니다. 취적교 건너까지 구경하려던 계획을 바꿔 천수원에 말을 메고 잠시 쉬기로 했어요. 외숙부는 백주(白酒, 막걸리)라도 한 통 구해 오겠다고 꽃비 맞으며 다시 나복교 쪽으로 걸음을 옮겼지요. 외사촌 동생과 나만 남겨졌답니다. 긴 한숨 몰아쉬며 컴컴하고 무거운 하늘을 올려다보는데, 맑디맑은 노래가 흔들리는 나뭇가지를 오르는 푸른 뱀처럼 귀에 감겼습니다. 그 소리를 무엇이라고 표현해야 할까요.「제비는 날아가 버렸네」가 이와 같을까요.「아아 병이 나고야 말았구나, 운명이로다」가 이와 같을까요.* 불보라에 깜짝 놀란 아

---

* 각각 북방 국풍 음조와 동방 국풍 음조의 시초가 되는 노래로, 기존의 소리와 비교할 수 없을 만큼 빼어남을 뜻한다.

이처럼 황급히 참나무에 숨어 냇가를 훔쳐보았어요. 처음에는 얼굴이 보이지 않아서 제강(帝江, 얼굴이 전혀 없고 가무를 이해하는 상상의 존재)인가 했지요. 빗방울이 흩날리는데도 사내는 관(冠)을 벗어 배에 올려놓고 하늘을 향해 노래를 부르고 있었답니다. 그 순간 사흘 전 만나기를 청한 선전관의 일과 함께 한양 제일의 소리꾼 이사종이 선전관청에서 일한다는 풍문이 떠올랐지요. 관무재(觀武才, 어명으로 치르는 부정기적인 무과 시험)를 통했기에 얼마든지 좋은 관아에 정착할 수 있었으나, 마음이 머무는 산이나 강에서 시원하게 노래 한 자락 읊으려고 고된 선전관 노릇을 자청했다더군요. 인기척을 느낀 걸까요. 이번에는 선전관에게 어울리는 시까지 한 수 읊는군요. 도성을 나온 지 며칠이나 되었나. 길에 오르니 서늘한 날씨가 기쁘네. 넘실넘실 세시(歲時)가 멀어지는데, 쏴아 비바람은 계속 부네. 왜 여기까지 와서 나무 뒤에 숨느냐는 뜻이 넌지시 담겨 있었습니다. 당장 코흘리개 외사촌 동생을 시켜 무례함을 사죄하고 존명(尊名)을 여쭈었어요. 그는 웅황(雄黃, 비소와 유황의 화합물로 복용하면 몸이 가벼워져서 신선이 된다고 함)을 먹은 듯 두 발을 허공으로 차올린 다음 나를 향해 손까지 흔들어 보이고 선선히 자신이 바로 그 이사종이라고 답했답니다. 유난히 둥글고 큰 눈은 한낮의 해를 닮았고 귀밑까지 찢어진 입은 쉼 없이 흐르는 강줄기와도 같았어요. 푸른 뱀과 붉은 뱀을 양쪽 귀에 걸 만큼 귓불이 넓으며 양손은 등 뒤에 꼭꼭 감추었지요. 길들일 수 없는 흰 눈 같은 마음을 지니고 깨달음의 물결 속에 정처 없는 몸임을 한눈에 알 수 있었어요. 나도 물러서지 않고 그에게 다가갔지요. 옥경대 바라보며 눈썹 그려 줄 이 기다리는 것은 내 성미에 맞지 않았으니까요. 그와 함께 귀가한 것은 당연한 일이지요. 이상한 것은 백주를 구하러 간 외숙부가 끝내 천수원으로 돌아오지 않았다는 사실이에요. 나를 그곳으로 이끈 이도 외숙부였지요. 훗날 일부러 나를 그곳으로 이끌고 갔느냐고 물었지만 외숙부는 한사코 고개를 저었답니다. 주막에 들렀다가 탁주를 한 사발 들이킨 탓인지 나복교를 건너는 중에 그만 떨어지고 말았다나요. 겨우 목숨만 건져 돌아왔더니 너는 이사종에게 빠져 나와 보지도 않더구나. 더 말은 못했으나 아무래도 그날의 만남이 완전한 우연은 아닌 듯합니다.

내가 능파곡(凌波曲, 당나라의 악곡)을 그리워하면 그는 부벽루를 떠난 기린마(麒麟馬)의 울음을 홍아(紅牙, 붉은 향나무로 만든 악기) 장단에 맞춰 흉내 내었고, 내가 횡지매(橫枝梅) 향기 찾아 배천을 천천히 거닐던 밤을 이야기하면, 그는 푸른빛을 나누어 서안에 스미게 하는 가을 아침을 속삭였지요. 오랫동안 잊고 지냈던 자신의 반쪽을 만난 느낌이 이런 걸까요. 비익조(比翼鳥, 눈과 날개가 하나씩만 있어 두 마리가 힘을 합쳐야 날 수 있는 새)나 비목어(比目魚, 눈이 한쪽으로만 나 있어 두 마리가 나란히 서야 헤엄칠 수 있는 물고기)의 고사가 헛것이 아니었습니다. 꽃 그림자가 언제 서에서 동으로 옮겨 가는지도 모른 채 며칠이 지났지요. 새벽 꿈마다 무산의 열두 봉우리를 보았구요,* 묘주(卯酒, 아침에 마시는 술)에 취하여 점심을 건너뛴 적도 많았답니다. 창을 열기 전에 미리 빛을 맞아들일 줄도 알았고 노을이 깔린 후에 사립문을 열어 두는 법도 익혔지요. 장닭이 울 때까지 엄중하고 호방한 포은의 시를 베갯머리에서 외웠고, 아침저녁으로 선죽교를 지나며 매헌(梅軒)에게 따라오지 말라고 화를 내던 눈동자를 살폈답니다.** 고죽군(孤竹君)의 두 아들 백이와 숙제를 노래하기도 했지요. 공명과 부귀는 너의 일이 아닌데 나그네 길에 해마다 무엇을 기약하였던가 물으면 눈 녹아 남쪽 개울 불어났으니 풀싹이 얼마쯤은 돋아났을 것이라고 답했답니다. 나는 그였고 그는 나였지요.

---

* 남녀가 육체적 사랑을 나누었다는 뜻이다.
** 매헌은 고려 말 조선 초의 문신인 권우(權遇, 1363~1419)의 호다. 정몽주는 선죽교로 동행하려는 권우를 따라오지 못하게 하고 이방원이 보낸 자객에게 암살당했다.

그와 함께 송도를 떠나기로 결심했어요. 그의 부모가 누구이며 아내가 있고 없고는 문제가 되지 않았답니다. 곧 쓰러질 백옥(白屋, 평민들의 누추한 집)이라도 그와 함께라면 하늘이 곧 이불이고 땅이 바로 베개일 테니까요. 그 역시 흔쾌히 나의 뜻을 받아들였지요. 어떤 이는 이때 내가 그에게 딱 6년만 동거를 하자고 했다 하고, 또 어떤 이는 한 걸음 더 나아가 그의 집에서 3년, 내 집에서 3년을 살기로 약조했다고 떠든다면서요. 허태휘도 웃으며 이 풍문을 전했지요. 이런 소문은 내 삶을 숫자에 묶어 조롱하려는 것이므로 논할 가치조차 없습니다. 양곡과의 만남도 한 달이란 기간에 맞추지 않았던가요. 양곡이 한 달 만에 황 모 곁은 떠나면 양곡이 이긴 것이고 황 모가 양곡을 한 달 넘게 붙들면 황 모가 이긴 것이라니, 이 얼마나 치졸한 일입니까. 이사종과의 동거도 마찬가집니다. 제아무리 역(易)에 능하고 세상의 기미를 살피는 사람이라도 한 남자와 한 여자가 함께 사는 기간을 어떻게 미리 정할 수 있단 말입니까. 또 그 반을 뚝 잘라서 각각 서로의 집에 기거하기로 약조하였다는 것도 어불성설이지요.

속 깊은 사랑을 가리는 숫자 놀음은 평생 나를 따라다녔지요. 나의 삶을 받아들이지 못한 사와 대부들의 애꿎은 돌팔매질입니다. 남자가 즐기는 것은 논할 만하지만 여자가 즐기는 것은 말할 수 없다고 믿는 속 좁은 인간들. 그들의 눈에는 내가 목강(繆姜, 음란한 여인의 대명사)의 환생으로 보였을테지요. 어찌어찌 살다 보니 6년 만에 그와 헤어진 것은 맞습니다. 또 3년은 한양에서 나머지 3년은 송악에서 지낸 것도 사실입니다만, 풍문처럼 날짜를 맞춘 것은 결코 아니랍니다. 비꽃(비가 오기 시작할 때 몇 낱씩 떨어지는 빗방울) 날리는 봄에 만났다가 낙엽 쌓이는 가을에 헤어졌으니 6년 하고도 반년을 함께했고, 한양에서 지낸 날이 송악에서 지낸 날보다 여덟 달이나 더 많습니다. 처음에는 하나하나 변명도 하고 소문을 퍼뜨린 자들을 수소문하여 무릎맞춤(대질)도 했지만 모든 것이 부질없었습니다. 내가 왜 내 삶을 조롱하는 이들에게 나 자신을 변명하여야 한단 말인가요. 그들이 나를 세 치 혀로 놀리고 희롱한다면 나 역시 그들의 어리석음을 비웃어 주면 그만이지요. 떨어진 꽃잎 쓸고 울타리를 맴돌면서 망령된 기운이 사라지기만을 기다렸어요. 아마도 그들은 나의 침묵 위에 더 많은 거짓의 탑을 쌓았던가 봅니다. 숫자는 더욱 명증해지고 사건도 내기에 어울리게 앞뒤가 척척 들어맞도록 단조롭게 바뀌었지요. 허리 아래의 일에만 관심을 쏟으니 황 모는 어느새 어우동을 닮아 갔고, 황 모의 사랑 역시 욕정을 이기지 못한 암컷의 발광 쯤으로 비쳤으며, 황 모에게 당한 사내들의 원망으로 폭우가 쏟아지고 우박이 뜰에 가득 날리며 우레와 벼락치는 소리가 천지를 뒤흔드는 듯하다고 과장하기에 이르렀습니다. 나의 고뇌, 나의 사랑, 나의 눈물과 한숨은 그 화려한 치장 뒤로 버려졌어요. 지금 세상에 떠도는 이야기에는 황 모의 허깨비만이 남아 있을 따름이지요. 얼굴과 몸은 황 모이지만 그 마음은 텅 비었습니다. 허태휘의 권유도 있고 하니, 이제 처음이자 마지막으로 이사종의 곁에서 보낸 청춘의 날들을 고백할까 해요. 기억의 잘못은 있겠으나 세상에 떠도는 말처럼 터무니없지는 않을 겁니다.

외숙부는 새끼할머니의 유언이라며 산호수(珊瑚樹)를 철여의(鐵如意)로 내리칠 정도*의 돈과 재물을 챙겨 주었지요. 완곡히 사양했으나 막무가내였어요. 사내들 앞에서 노래 부르고 춤추지 않으려면, 많은 것을 보고 듣고 익히려면 뒷받침이 넉넉해야 한다고 어머니도 거들었지요.

한양에서 보낸 3년 남짓한 시간은 무엇일까요. 아침부터 저녁까지 즐거운 순간들만 이어진 것은 아니었답니다. 사랑하는 이와 함께 지내는 것과 그의 가족과 함께 지내는 것은 전혀 다른 문제이니까요. 좋은 게 좋다는 식으로 대

---

* 재물이 매우 풍족함을 뜻한다. 진나라 부자 석숭이 왕개의 산호수를 박살 낸 후 그와 같은 것을 여러 개 가져와 보여 주었다는 일화에서 비롯되었다.

충 물러서거나 비켜 가지 않았습니다. 당장은 눈물을 뿌리고 생채기를 내더라도 하나씩 따지고 들었지요. 몇 년 만에 헤어질 작정이었다면 그의 가족과 마음을 통하려고 그토록 애쓰지는 않았을 겁니다. 처음 두 달은 따돌림과 구박과 멸시가 이어졌지만, 그후로는 서로를 이해하는 사이가 되었어요. 황 모가 한양에서 첩살이를 했다며 조롱하는 이들이 있다는 걸 압니다. 그래요. 그에게는 노부모를 공양하는 조강지처가 있었습니다. 삼강과 오륜으로 본다면, 황 모는 기껏해야 첩으로 인정받기 위해 피눈물을 쏟은 가련한 여인일 따름입니다. 송악을 떠날 때 이렇게 다짐했지요. 천수원에서 처음 그의 노래를 듣기 전까지, 그가 만난 사람과 그가 벌인 일들을 모두 아끼고 위하겠다고. 이사종의 가족은 그와 나의 특별한 사귐을 인정했습니다. 때론 가슴 떨리고 때론 활시위처럼 팽팽한 두 사람 사이에 끼어들기를 포기한 것이기도 하지요. 그때부터 그와 나의 짧고 아름다운 여행이 시작되었답니다.

꿈 깬 새벽녘 산이 달을 토할 때 소쩍새 울음 속에 노새를 먹이는 나날들.(새벽에 일어나 길 떠날 채비를 하였음을 뜻함) 경치 좋으면 주저앉고 날 맑으면 즐거이 떠나는 삶. 흰 무지개를 드리우는 삼청동 골짜기에서 아침을 먹고 인왕동에 들어 활쏘기를 구경한 다음 쌍계동 복숭아밭을 무릉도원

삼아 거닐고 백운동에 가득 걸린 시인들의 글을 살피면 어느새 밤이 오지요. 청학동 맑은 냇물에 발 담그는 저녁 산책은 분에 넘친 호사입니다. 흥이 가득 차오르면 성 밖 장의사(藏義寺)까지 가서 무이정사(武夷精舍)의 쓸쓸한 그림자도 품고 시냇가의 급한 물소리 따라 차일암(遮日岩)을 베고 누워 깜박이는 맑은 안개를 구경하기도 했지요. 소나무 구경은 홍제원과 모화관 근방이 제격이고 이태원 또한 부족한 대로 볼만하답니다. 인적이 드문 곳에서 깊은 잠을 청하고 싶을 때면, 동으로는 진관동, 북으로는 청량동, 서로는 풍양, 남으로는 안양사로 나갔지요. 어떤 날은 멀리 수종사(水鍾寺)까지 가서 하늘과 가지런한 누각과 함께 언덕 치는 강물을 구경하기도 했답니다. 가마바탕(기생이나 첩이 주로 타는 지붕이 없는 탈것) 멈출 때마다 그는 노래를 불렀고 나는 거문고를 켰어요. 세상에 오직 우리 두 사람만이 살고 있다는 착각에 휩싸였지요. 산 소요하면 들에 구름이 걷히고 강물 맑으면 하늘로 달이 올랐으니, 지금은 부끄러워 차마 내어놓을 수 없는 시구 속에도 신선이 머무는 것 같았답니다. 가끔 그가 금마문(金馬門, 한나라의 궁궐문. 궁궐을 뜻함)에서 나온 어명을 받들어 하삼도나 북삼도로 갈 때면, 나 역시 남복(男服)을 입고 말 머리를 나란히 했답니다. 이름난 산천을 제법 많이 둘러보았으나 기억나는 곳은 거의 없어요. 쌍류 놀이를 즐길 때처럼 마주 보고 앉아서 님의 얼굴 살피기에 여념이 없었으니까요. 여기서 석 달만 살자 했더니 이래저래 한 해가 가 버렸다는 술회가 꼭 시적 표현만은 아니더군요. 3년이든 30년이든 아니 300년이라도 얼마든지 흘려보낼 수 있을 것만 같았어요. 의주까지 갔다가 귀한 대국 비단을 얻어 송악에 들르지 않았다면 행복한 시절은 계속 이어졌을 테지요.

외숙부는 어머니의 거처를 가르쳐 주지 않으려 했어요. 대신 전해 주겠다며 비단만 두고 속히 한양으로 돌아가라 재촉하였지요. 다시 묻자 풍류가야금 소리를 다듬기 위해 천마산에 들어갔다고도 했고, 먼지 자욱하게 앉은 어머니의 가야금을 뒷방에서 찾아내자 새끼할머니의 극락왕생을 빌러 지족사에 백일 불공을 드리러 갔다고도 했지요. 마침 내가 푸른 산빛을 당기며 큰 바다를 굽어볼 수 있는 지족사에 들러 천년 묵은 은행나무에 손등을 비비고 절 동쪽의 천 길 푸른 낭떠러지에서 거문고를 타고 내려왔기에 외숙부의 거짓말을 꼬집을 수 있었답니다. 외숙부는 내 팔을 끌며, 세상에는 모르는 게 나은 일도 있지, 마른기침을 뱉었어요. 부모가 계시거늘 멀리 놀지 아니하며 놀되 반드시 있는 곳을 밝혀야 한다는 말씀을 잠시 잊었던 자식에게 하늘이 큰 벌을 준비해 두셨던 겁니다.

천포창(天疱瘡, 매독)에 걸린 어머니의 몸은 끔찍했지요. 콧잔등이 내려앉아 콧구멍이 들리고 왼쪽 눈두덩은 짓물러 터져 쉴 새 없이 고름이 흘러내렸답니다. 등에는 욕창이 심해 천장을 보고 편히 누울 수도 없었고, 발목이 부러져 마루까지 내려설 수도 없었지요. 딸에게는 황 진사와의 애틋한 사랑만을 이야기했으나 당신도 일개 관기인 것을 어찌 평생 한 사내만을 그리며 몸을 깨끗이 할 수 있었겠습니까. 반백 년 전만 해도 조선 땅에 없던 이 몹쓸 병은 대국과 한양을 왕래하는 이들이 유독 많은 송도에서 심심찮게 나타나곤 했지요. 눈먼 송도 악기와의 하룻밤 동침은 대국 사신들에게 무척 관심을 끄는 일이었겠지요. 처음에 어머니는 한사코 나를 만나지 않겠다고 버텼어요. 이 모든 고통과 슬픔을 혼자 품고 가겠다고 했답니다. 나도 물러서지 않았어요. 새끼할머니에 이어 어머니까지 세상을 떠나면 내겐 아무도 없는 것이니까요. 고애자(孤哀子, 양친을 모두 여읜 상주)가 되고 싶지 않았습니다. 이사종 그 사람도 내 마음을 이해하고 혼자 한양에 가서 내 물건들을 옮겨 왔지요. 어머니는 그때 벌써 삶의 흔적을 지우기 시작했어요. 자신의 길에 망각의 꽃들이 쌓여도 쓸지 않고, 저승길 돕는 사자를 위해 시간의 거적문 잡고 기다렸습니다. 외숙부가 어머니를 위해 많은 처방을 가져왔으나 소용이 없었지요. 으름덩굴과 만초를 달여 먹이기도 하고 들국화와 대추나무 뿌리로 짓무른 상처를 씻기도 했습니다. 경분(輕粉) 먹은 오리를 삶아 먹고 황주(黃酒)를 하루 세 차례 마셨으나 차도가 없었어요. 어머니도 외숙부도 이제 모든 것을 포기하고 단정한 죽음만을 기다릴 뿐이었답니다. 가야금이라면 송도에서 제일가는 진현금이 천포창에 걸려 비참하게 죽었다는 풍문만은 막고 싶었지요. 맑은 가야금 소리와 함께 깨끗하게 사라지고 싶으니 방해 말고 한양으로 돌아가라고 했답니다. 천포창이 얼마나 무서운 병인지 알았더라면, 어떻게 사는가보다 어떻게 죽는가가 더 중요할 수도 있다는 이치를 깨쳤더라면, 나는 한양으로 돌아가진 않더라도 어머니 곁에서 마지막 시간을 조용히 함께 보냈을지도 모릅니다. 그때 나는 죽음과 얼굴을 맞대기 시작한 사람을 위로하기에는 너무 피가 뜨거웠지요. 이 해괴망측한 병이 어느 날 갑자기 세상에 나타났다면 그것을 다시 사라지게 만드는 방법도 있다고 믿었습니다. 처음과 끝, 가장 존엄한 자와 가장 미천한 자, 기쁨과 슬픔의 짝을 맞추고 서로가 서로를 위하는 것이 얼마나 힘겨운지를 몰랐던 겁니다. 내 전부를 쏟아부었지요. 천포창에 효험이 있다는 풍문만 들리면 집 팔고 땅 팔고 노래 팔고 웃음을 팔아서라도 구해 왔어요. 천지가 불인(不仁)하고 성인이 불인하다고 해도, 눈멀고 사랑 잃은 여자를 저렇게 죽이는 것은 과연 온당한 일인가. 더 참되고 더 부지런하게 백업(白業, 선업(善業))을 쌓은 이가 불쌍하게 사라지는 것이 하늘의 법도라면, 그런 법도는 지키고 따를 필요가 없습니다.

3년이 지났지요. 그동안 새끼할머니와 어머니와 내가 모은 전 재산이 사라졌고, 어머니는 처참한 몰골로 끝내 숨을 거두었어요. 새끼할머니의 죽음이 어느 날 닥쳐 온 불벼락이었다면 어머니의 마지막은 살점 하나하나마다 끔찍한 기억을 새겨 가는 날들이었지요. 3년 전에는 그래도 늙음과 병을 없애려면 무생(無生)으로 돌아갈 수밖에 없다는 말을 뱉었으나 그 겨울이 지나면서 입술이 떨어져 나가고 혀까지 시뻘겋게 뭉쳐 침묵의 바다로 빠져들었답니다. 자고 나면 손가락 마디가 떨어지고 자고 나면 발톱이 쑥 빠졌지요. 대소변을 그냥 흘려 버린 적도 많았어요. 땀 냄새와 피 냄새가 뒤섞인 악취가 마당까지 풍겨 나올수록 더 자주 옷을 갈아입혔지요. 어머니는 뼈마디가 떨어져 나가고 피와 고름이 흘러내려도 옷 갈아입는 것만은 순순히 응했습니다.

어머니의 죽음 이후를 견딜 수 없을 것이라고 생각했는데, 임종을 지킨 그 새벽부터는 의외로 담담함이 찾아들었어요. 외숙부는 한 가지에 나고도 가는 곳 모르고 먼저 떠난 누이를 위해, 어머니의 손때 묻은 가야금을 안고 줄도 퉁기지 않은 채 이별의 곡조를 시작했지요.

　겨울이 오기 전에 이사종과 남포(南浦, 남녀가 헤어지는 상징적인 장소)에서 헤어졌습니다. 누가 먼저 헤어지자고 한 건 아니었지만 이제 서로를 멀리서 그리워할 때가 왔음을 알아차렸답니다. 내가 한양에 가서 그와 그의 가족을 위해 쓴 돈의 몇 배를 그는 송도로 와서 나와 내 어머니를 위해 기꺼이 내놓았지요. 전국을 돌며 귀한 약재를 구해 온 적도 열 번이 넘습니다. 그는 기다린 것이지요. 내 슬픔 끝나는 날, 다시 함께 옷자락 날리며 긴 여행 떠나기를. 나는 이 슬픔에서 빠져나올 뜻이 전혀 없었어요. 뜻이 없었을 뿐만 아니라 슬픔 아래의 슬픔, 그 슬픔 아래 어두컴컴한 밑바닥까지 내려가고 싶었답니다. 도저히 채워지지 않는 그 무엇이 황혼에 우수수 소리를 내는 갈대처럼, 황량한 마을의 늙은 나뭇가지에 앉은 솔개처럼, 발목을 잡아챘어요. 이제 우리는 함께 길을 떠나 같은 풍광을 접하더라도 다른 것을 느끼며 다른 소리를 만들 것이에요. 예전처럼 그의 맑은 눈과 갸름한 볼만을 바라볼 수 없게 되었지요. 세상에는 그처럼 아름다운 풍광과 앞뒤가 딱딱 들어맞는 일만 있는 것이 아니라는 지극히 평범한 이치를, 어리석고 아둔한 인간이 비로소 깨달았답니다. 마음이 다시 급해졌지요. 벽란도(碧瀾

渡)를 휘도는 급물살처럼 쏟아지는 의문을 풀고 싶었습니다. 그는 눈 딱 감고 지나가자 했지요. 고운 것, 위대한 것, 맛난 것만 구경해도 100년 인생이 짧으니, 연꽃의 우아함만 살피면 되지 그 꽃을 피운 탁한 물에 구태여 손을 담글 필요가 없다고 했답니다. 가볍게 가볍게, 철 따라 마음 따라 노래 부르며, 속세의 시름 모두 잊고, 벌거벗은 몸 맨머리를 향해 불어오는 솔바람이나 맞으며 늙어 가기를, 예전에 나도 간절히 원했었지요. 이제 그와 나는 갈림길에서 영원히 합칠 수 없는 방향으로 제각각 들어서야 했답니다. 파국의 고통보다는 때 이른 결별의 아쉬움을 택한 겁니다. 그 늦가을 이별의 시로 봄을 읊은 것은 우리가 봄에 처음 만났기 때문일까요. 그 봄에 벌써 머물지 않을 봄과 떨어지는 꽃을 염려했던 탓일까요. 당신은 나예요, 자신 있게 속삭이던 나날도 끝이 났답니다.

맨발의 자유로운 지혜

부처의 도는 자비와 희사(喜捨)를 덕으로 하고 응보가 틀리지 않는 것으로 징험을 삼는다고 하였던가요. 보제사(普濟寺, 연복사의 옛 이름)의 5층 누각도 세월과 함께 다시 무너져 시름만 키우는군요. 백제(白帝, 가을)가 가고 첫눈 오시기 전에 서둘러 나선 걸음은 떨어진 나뭇잎 구경을 핑계로 안화사(安和寺)에 잠시 머뭅니다. 송도를 떠나 멀리 떠돌수록 안화사를 오가던 길 위의 푸르른 구름과 붉은 단풍이 떠올랐지요. 서리 맞아 홀연히 훤한 숲과 햇빛에 부서지는 푸른 산 그림자. 청녀(靑女, 서리와 눈을 관장하는 선녀)의 화려한 춤은 기억으로 남고 몇몇 헛된 글자들 속에서만 겨우 숨을 쉽니다. 그림자 빽빽한 틀 앞에서 춤추던 전나무도, 바람에 무겁게 펄럭이던 안개 젖은 일산(日傘)도, 팔진미 가득한 상에 감동하던 명신들도 이젠 없답니다. 부엌에는 그 옛날 불쏘시개로 쓰던 나무만이 남았네요. 자취문 앞에 서서 눈대중으로 길을 훑습니다. 어릴 때 새끼할머니를 따라서 이 길을 걸었지요. 그때도 물론 주변 풍광이 정겨웠지만, 새끼할머니가 동기일 무렵 화원 가는 길은 말로 표현하기 힘든 절경이었다고 해요. 붉은 언덕 푸른 산이 좌우로 펼쳐졌으며, 패물 소리를 내는 시내가 돌길 따라 흐르고, 소나무와 잣나무가 하늘에 닿아 한여름에도 이른 가을 같으며, 멀리서 그 길을 오가는 사람들을 살피노라면 병풍의 그림도 저와 같지는 않으리라 여겼다는군요. 신을 벗어 양손에 하나씩 쥐어 봅니다. 맨발의 자유로운 지혜를 얻기 위함이지요. 발바닥에 닿는 흙과 돌의 감촉이 도끼로 뒤통수를 맞은 듯 쩌릿쩌릿합니다. 스승은 공부가 막히거나 잡념이 부풀어 오를 때면 남쪽 창을 활짝 열고 맑은 기운을 받아들이라고 하셨지요. 밤을 새워 책을 읽는 것보다 겨울이라도 맨발로 꽃못을 거닐며 홀로 오관산을 살피는 편이 도에 한 걸음 더 다가서는 길이라고도 하셨답니다. 보고 듣는 것으로 사물을 전부 알 수는 없지만 그마저 못한다면 목석과 다른 바가 무엇이냐며, 만물을 품도록 마음을 크게 키우라셨어요. 지금 못난 제자가 앓는 병도 만물을 받아들이지 못한 결과일까요. 하늘 바깥에 아무것도 없듯 태허(太虛) 역시 그 바깥이

127

없다는 진리를, 얼마나 더 기(氣)의 연못을 헤매 다녀야 깨칠 수 있을지 모르겠네요.

아, 바람의 무리처럼 땅을 박차고 날아오르고 싶습니다. 바람을 쳐낼 부채는 어디에 있는지요. 몸을 빠르게 놀릴수록 작은 돌멩이들이 발가락을 괴롭힙니다. 이 몸의 작은 구석 하나라도 편치 않으면 아프기 마련인데, 마음 곳곳에서 파도가 치고 불길이 치솟아도 태평스레 외면하던 순간이 부끄러워집니다. 아픈 몸을 치유하듯 공부하면 깨달음을 얻으리라는 가르침도 여기서 비롯된 것이겠지요. 겨우 고개 하나를 넘었을 뿐인데도 숨이 가쁘고 종아리가 당깁니다. 지난여름, 문을 꼭꼭 닫아걸고 누워 지낸 날들이 후회스럽네요. 허태휘의 만류도 뿌리치고 신새벽 서리 맞으며 탄현문(炭峴門)으로 들어선 것은 오로지 발바닥을 단련시키기 위함이지요. 어떤 글은 문을 닫고 벽을 바라보며 궁리에 궁리를 거듭한 다음에야 완성되지만, 또 어떤 글은 벌겋게 물들었다가 소리 없이 지는 늦가을의 처량함을 눈으로 보고 귀로 들은 연후에야 비로소 붓놀림이 가벼워지는 법이니까요. 어젯밤 꽃못에 든 허태휘는 서안에 놓인 『태평광기(太平廣記)』를 보고 저런 잡서도 읽느냐며 책망의 눈짓을 보냈지요. 나는 짐짓 목소리를 낮추고 언젠가 읽었던 문장 하나를 내 것인 양 끄집어냈답니다. 『역(易)』에는 용을 적었고, 『도서(圖書)』에는 거북의 무늬를 담았으며, 『시경』에는 현조(玄鳥)가 등장하고, 『예기(禮記)』에도 신령한 물건의 영험함을 기록하고 있지 않은가요. 괴이한 것, 힘센 것, 어지러운 것, 귀신을 살필 때는 그에 합당한 이치가 있는 것이 아니겠는지요.

허태휘를 초가에 홀로 남기고 이곳까지 나온 까닭도 이제 떠나야 하는 유랑의 기억들이 아직도 나를 잡고 흔드는 탓이랍니다. 말라비틀어진 쉰 살 늙은이의 기억보다 쓰러지더라도 칼바람 날리던 갓 서른의 뜨거운 피를 단 하루의 여정에서나마 되살리고 싶네요. 한없이 떨어지고 떨어지고 또 떨어지더라도 흥취를 잃지 않던 그 시절의 아름다움은 딱딱한 서안에서 찾을 수 없습니다. 10년 전, 20년 전, 더 나아가 30년 전 귀밑머리 검던 시절의 나를 되살려야 했지요. 젊음의 기억이 가장 많이 묻어 있는 곳이 송악이니 그 풍광을 초상화 삼아 내 젊음의 몸뚱이 찾는다 해도 이상한 일은 아닐 겁니다. 조선의 추로(鄒魯, 맹자와 공자가 태어난 나라. 덕망이 높은 유학자를 많이 배출하는 지역을 뜻함)가 될 징조를 찾고 싶었던 것일까요.

늦가을의 송악. 천년의 성곽은 석양 밖에 있고 100대의 의관은 새벽 꿈 사이에 머무는 이 늙디늙은 곳의 풍광에서 어찌 갓 서른의 끓는 피가 흘러나올 수 있겠는지요. 거울에 비친 이모(二毛, 백발이 많이 섞인 머리카락)에 놀라듯 낙엽 바스라지는 소리에 가슴을 쓸어내려요. 쇠락의 기운만이 낡은 전각과 누대에 머물 뿐입니다. 안화사에서 화원까지, 맨발로 옛 기분을 되살려 걸어도 한숨과 눈물이 자꾸 찾아들었어요. 화원으로 길을 잡은 것부터가 잘못인지도 모르겠네요. 진기한 꽃들이 봄가을로 피지는 않는다 하더라도 앵두나무와 배나무 사이를 거닐며 요동 정벌을 꾀하던 이들의 호방한 자태는 훔쳐볼 수 있으리라 여겼답니다. 사라졌어요. 청렴(靑帘, 주점에 거는 깃발) 한 장 날리지 않네요. 운수가 다하니 왕과 신하는 눈물을 겨우 가리고 죄악이 넘치니 천지에 용납할 곳이 없는 탓일까요. 좋은 꽃 말없이 그저 피었다 지는 곳, 예쁜 풀 절로 향을 뿜어내는 화원은 온데간데없고 삐뚤삐뚤 누런 얼굴을 드러낸 밭이랑만이 쓸쓸하게 손님을 맞을 뿐입니다. 옛 시절의 영화를 들려줄 흰머리의 궁녀가 불쑥 나올 것만 같네요. 길을 잘못 들었을까요. 비방목(誹謗木, 순임금 시절 백성의 뜻을 살피기 위해 세워 놓은 나무)처럼 서 있는 세 그루 홰나무가 마지막 남은 기대마저 꺾어 버립니다. 화원이 밭으로 변하였으니 안화사에서 화원까지 뻗은 돌길도 그 맛을 잃겠군요. 절망의 그늘만 품겠군요. 환취정(環翠亭, 창경궁 후원에 있던 정자)보다 열 배는 더 아름답다는 풍문도 연기처럼 사라질 겁니다. 아쉬움이 이렇듯 클 줄 알았다면 뜰 안의 고운 모란꽃보다 들판의 거친 패랭이꽃에 눈 돌릴 것을. 잡풀 우거진 들녘에서 작고 가녀린 꽃떨기 찾는 편이 훨씬 즐거웠겠지요.

지금은 승방이 된 포은 선생의 옛집, 대묘동(大廟洞)으로 걸음을 옮기려다 멈춥니다. 시절을 거슬러 옛 왕조를 부흥시킬 수 없다면, 조선의 하늘 아래에서 목숨을 연명할 수밖에 없다면, 뒷걸음질은 그만 치는 게 옳다는 생각이 들었답니다. 고려가 섰을 때 서라벌 사람들이 당한 고통이 조선 개국과 함께 송도 사람들에게 옮겨 갔을 따름이지요. 주눅 들거나 눈물짓거나 숨을 필요는 없지요. 목청전(穆淸殿, 태조 이성계의 옛집)으로 곧장 가다가, 더그레(하급 관리들이 입는 겉옷)를 입은 군졸 10여 명이 앞을 막기 전에 멈춰 섰습니다. 육봉(六峰)*이 송도에 온 그해 초가을 스승을 모시고 진영(眞影, 태조 이성계의 초상화)을 살핀 적이 있지요. 벽도(碧桃, 푸른빛이 도는 복숭아)의 답례로는 이보다 더 좋은 일이 없었답니다.** 나는 다만 한 나라를 멸망시키고 한 나

---

* 박우(朴祐, 1476~1546). 육봉은 그의 호다. 성품이 강직하여 당대의 세도가 김안로로부터 심한 박해를 받았으나 끝내 굽히지 않았다.
** 서경덕이 박우에게 벽도를 선물하자 박우가 서경덕에게 이성계의 초상화를 보여 줬다는 뜻이다.

라를 세운 호걸의 기운을 멀리서나마 느끼고 싶었던 것뿐이지요.

그 시절 학인(學人)들도 나처럼 두 길 보기를 했을 겁니다. 고려와 함께 사라질 것인가, 조선과 함께 새로운 여행을 시작할 것인가. 삼인(三仁, 은나라 말기의 충신인 미자, 기자, 비간)처럼 사라지는 삶도 눈물겹도록 아름답지만 새 길을 떠난 이들의 앞날 또한 순탄하지만은 않았습니다. 나무하는 노인의 그림을 하나 보더라도 세상을 밝게 구할 방도를 찾았으니까요. 포부가 구름처럼 흩어졌다고 한탄하며 숨더라도 눈과 귀는 언제나 송악을 향해 열어 두었지요. 외숙부의 법전에 끼어 있던 『조선경국전(朝鮮經國典)』의 몇 구절을 지금도 또렷이 기억한답니다. 공자가 어찌 나를 속이겠는가. 그 한마디에 이 젊은 학인(삼봉 정도전)의 자신감과 불굴의 의지가 담겨 있는 것이 아니겠는지요. 불교를 배척한 일이나 태종 대왕과의 반목이 지금까지 구설수에 오르지만 조선이라는 나라의 기초를 그 한 사람이 닦았다 해도 과언이 아닐 겁니다. 처음 허태휘를 만났을 때 존경하는 이가 누구냐고 물었더니 대뜸 삼봉이라 답했지요. 그래요. 경세(經世)에 뜻을 둔 학인이라면, 선인교에서 자하동으로 흘러드는 물소리에 눈물 흘리는 이들보다 뒤돌아보지 않고 곧장 앞으로 나아갔던 삼봉에게 마음을 빼앗기는 것이 당연

합니다.

성균관을 찾을 때마다 이곳에서 앞날을 준비한 삼봉을 그립니다. 그때는 지금처럼 회창문(會昌門)이 굳게 닫혀 있지도 않았지요. 새벽마다 대성전(大聖殿)에 들어 면류관을 쓰고 구장복(九章服)을 입은 공부자를 비롯한 오성(五聖)과 십철(十哲)을 뵙고, 동서무(東西廡)에 늘어선 70제자와 어진 이들의 위판(位版)을 하나하나 살피며 그들의 탁월한 삶을 어루만졌겠지요. 명륜당으로 돌아와서는 정원에 선 잣나무가 더위에 땀을 흘리는지 추위에 몸을 떠는지도 모른 채, 서안에 놓인 책을 들여다보며 큰 의리와 밝은 정치를 갈망했겠지요. 10년 전 꽃못은 고려 말 성균관에서 뿜어 나오던 열기가 옮겨 온 듯하였습니다. 그사이 성균관은 퇴락하여 글 읽는 소리는커녕 사람 발걸음 소리도 듣기 힘들건만, 꽃못을 찾는 젊은 학인들의 발걸음은 밤낮을 가리지 않았으니까요. 사상(泗上, 유학이 성행하는 곳)이 이와 같았을까요. 지금은 꽃못마저 점점 그 빛을 잃어 가니 송도에서 천하를 논하던 시절은 다시 오지 않을 듯하네요.

허태휘는 왜 하필 송도로 다시 돌아왔느냐고 물었지요. 고향을 향한 그리움이나 말년의 평안함을 위해서는 아니었답니다. 경상우도에는 남명이 있고 경상좌도에는 퇴계가 있으며 호남에도 하서(河西)*의 이름이 높았지요. 그들을 찾아가서 몸을 의탁할까 고민한 적도 있답니다. 4년 동안의 떠돌이 생활을 접고 송도로 돌아온 것은 뛰어난 스승의 문하에 들어 배움을 얻는 것 이상의 욕심 때문이에요. 배우는 것에 그치지 않고, 삼봉이 성균관에서 나라의 동량들을 키웠듯이, 한청(汗靑, 역사)의 새로운 장을 펼쳐 보일 인재들을 그림자처럼 돕고 싶었지요. 욕심을 채우기 위해서는 많은 것들이 필요했어요. 타향에서 들여야 할 공을 송도에서라면 줄일 수 있을 것 같았답니다.

그렇지요. 처음부터 꽃못에 들 작정으로 귀향한 것은 아닙니다. 일단 송도에서 자리를 잡은 다음 내 뜻을 얻을 학인의 무리를 찾을 요량이었지요. 공맹의 무리일 가능성이 컸지만 불제자나 시정 잡인일지라도 상관없었답니다.

어느 정도 돈과 재물을 모은 후 이름난 사내들을 만나러 다녔지요. 삼봉 같은 이를 찾고 있었는지도 몰라요. 천하에 삼봉이 둘이 될 수 없음을 몰랐던 겁니다. 자연에 묻혀 홍진의 어지러움을 잊는 기쁨을 배운 적도 없답니다. 여한은 없습니다. 허태휘나 박화숙 같은 이들을 사귈 수 있었으

---

* 김인후(金麟厚, 1510~1560). 하서는 그의 호다. 전라도 장성 출신으로 시문에 능하여 그곳 후학들에게 많은 영향을 미쳤다.

니까요. 세인들은 스승의 가르침이 신선술이나 수학에 가깝다고 했지만, 꽃못에서는 세상을 바꿀 기운이 꿈틀대고 있었답니다. 천년 뒤에 용트림할 소나무 줄기를 위해 작은 구덩이를 파는 심정이라고나 할까요. 지금은 비록 무너지고 흩어지는 형국이지만 곧 한 시대를 풍미하며 시귀(蓍龜, 나라에서 점을 칠 때 사용하는 시초와 거북. 임금이 나라의 대소사를 의논할 만큼 높은 학식과 덕망을 갖춘 신하를 뜻함)에 오를 걸물들이 꽃못에서부터 비롯되리라 믿었어요.

해 질 녘 가을바람이 벼 이삭을 흔들기 전에 돌아가야겠네요. 그슨대(밤에 나타나 쳐다볼수록 한없이 커지는 귀신)라도 만나면 자진해서 따라갈 것 같으니까요. 연복사에서 성균관까지의 짧은 나들이가 도움이 될 것 같습니다. 빈 산에 솔방을 떨어지는 소리나 들으며, 내 삶에서 가장 힘겨웠던 고빗사위(중요한 대목 가운데서도 가장 아슬아슬한 순간)에서 맨발의 자유로운 지혜를 얻던 시절을 추억해야겠군요. 그 지독했던 4년을 말이에요.

유랑

누구나 그렇듯, 어릴 때는 송악이 내 삶의 전부였지요. 버드나무 부드러운 바람을 흩고 보슬비 꽃다운 들에 날리는 동교(東郊)나, 비단처럼 밭이랑 펼쳐 있고 맛 좋은 술에 취한 농부들의 노랫소리 높은 서교(西郊)까지만 나가도 천하를 모두 살피고 온 듯한 뿌듯함에 잠을 이루지 못했답니다. 외숙부는 부소산 자락을 보며 북두(北斗)의 국자로 흠뻑 취한 다음, 말안장에 거꾸로 앉아 따라오는 눈썹달을 바라보며 마음껏 웃을 수 있는 동교의 들판을 좋아하였지요. 어머니와 나도 몇 번 외숙부를 따라서 나들이를 나간 적이 있어요. 방이나 마루에서 흘러나오는 풍류가야금 소리도 멋있지만, 앞뒤가 훤히 트인 언덕으로 날아가는 새 떼와 찾아드는 뭉게구름으로 퍼지는 자연의 소리 또한 남다른 맛이 있지요. 담천연(談天衍, 전국시대 제나라의 사상가 추연(騶衍). 막힘 없는 달변으로도 유명함)의 환생인가 여겼던 이생(李生)을 만난 것도 그 겨울 동교에서였답니다.

이사종을 떠나보내고 한 달 남짓 흘렀던가요. 해로가(薤露歌, 한나라 때 많이 불렸던 만가) 구슬픈 가락 시간의 앙금과 함께 깊이깊이 가라앉아 사라졌어도, 나는 어머니의 손때 묻은 패엽(貝葉, 불경)을 어루만지거나 송도 여기저기를 헤매며 강주정(취한 체하는 주정)이나 하고 다녔지요. 정을 끊어야 했지만 뜻대로 되지 않았어요. 스스로를 다스릴 힘이 없었습니다. 문득 성 동쪽 길로 가서 어머니가 좋아했던 소나무 아래에 앉고 싶었어요. 송홧가루 지고 버들솜 날리는 풍광과 함께 거문고를 켜면, 어머니는 저세상으로 가고 나는 이 세상에 머물러야만 한다는 사실을 받아들일 수 있을 듯도 하였지요. 이승과 저승을 오고 감에 구애될 필요도 없이 한 곡조 음률로 통한다는 위안이 필요했으니까요. 열흘 전에 첫눈이 내렸답니다. 언덕 바람이 만드는 눈갈기(말의 갈기처럼 흩날리는 눈보라)는 술대를 마음대로 놀릴 수 없을 만큼 차고 매서웠어요. 바람을 등지고 거보(擧父, 원숭이같이 생긴 상상의 동물)처럼 팔만 뻗어 거문고를 타기 시작했답니다. 어머니에게 종아리를 맞아 가며 곡조를 외우던 시절이 눈에 선했지요. 힘든 일이 있을 때마다, 내일은 좋아질 게 야, 어깨를 다독이며 건네던 웃음이 귀에 쟁쟁거렸어요. 눈물 한 방울이 거문고 위로 떨어졌습니다. 콧김을 들이마시며 고개를 드는데, 멀리 들판 끝에 배꾼(매사냥에서 털이꾼이 날린 꿩을 살피는 사람)처럼 서 있는 꺽다리 사내가 눈에 들어왔답니다. 머리는 산발이고 두루마기도 숭숭 뚫렸으며 안색은 그믐밤보다도 어두웠지요. 가슴까지 흘러내린 수염은 가닥가닥 엉겨 제멋대로 뻗쳤고, 왼손에는 짚신 한 짝이 빙글빙글 돌아가고 있었답니다. 오시(午時, 아침 11시)도 되지 않았는데 용 삶고 봉황 구워 마신 혼돈주(混沌酒)에 억병(고주망태)으로 취한 것일까요. 풀뿌리에 걸려 자꾸 고꾸라지면서 길 없는 곳으로만 이리 뒹굴고 저리 넘어졌어요. 무로인(無路人, 술로만 배를 채우는 상상의 존재)이 바로 저이인가 했답니다. 홀로 추억할 시간을 빼앗겼으니 무척 마음이 상했지요. 거문고를 챙겨 돌아가기 위해 일어섰어요. 사내는 비껴 불던 젓대 소리 거둔 후 긴 노래를 시작했습니다. 바람자도 남은 꽃은 스스로 떨어지기 마련이니 눈물 그만 거두오. 음률을 아는 사람이었습니다.

허태휘는 왜 이름을 밝히지 않고 그저 이생이라고만 칭하는지 물었지요. 이생, 그에게도 이름이 있습니다. 이제 이름을 되찾은 그는 이름 없던 양주일몽(楊州一夢, 기생과의 환락을 추억함)으로 돌릴지도 모르지요. 동교에서 내가 이름을 물었을 때, 그는 이름 따윈 숭례문 밖에 버리고 왔노라고 했답니다. 뒤를 살폈다면 그의 이름을 알아내는 일이야 쉬웠겠지만 4년 동안 그의 이름을 찾지 않았어요. 이름 없는 이여! 그를 따랐을 뿐입니다. 허태휘는 이름을 감춘 이유가 궁금하다고 집요하게 되묻더군요. 드문드문 이생의 술회를 엮어 보면 그의 아버지는 포의(布衣, 벼슬이 없는 선비) 시절부터 정암(靜庵, 조광조)과 의기투합했다는군요. 곤궁한 때를 당하여 벗어날 방도를 살펴 행하였는데도 벗어나지 못하는 것은 명(命)이니, 명을 안다면 궁색함이나 재난을 당하더라도 마음의 동요됨이 없다는 믿음. 구차하게 사는 것보다 의로움이 중요하고 구차하게 사는 것보다 떳떳하게 죽는 것이 편안하다는 이치. 이 둘을 배움에 뜻을 두던 나이(열다섯 살)부터 아버지에게 들었다고 합니다. 그날의 감동을 되새기며 행비서(行秘書, 만물박사) 소리를 들을 만큼 열심히 시문을 익혔다는군요. 혀가 뱉는 말을 모두 감당하는 위포(韋布, 선비)가 조선에 몇이나 있을까요. 기묘년에 이생의 아버지는 정암이 당을 지어 나라를 어지럽히고 왕이 되려 한다는 거짓 상소를 가장 먼저 올렸다고 해요. 소인에게는 붕당이 없고 군자에게만 붕당이 있는 법이건만, 정암의 당으로 몰려 벼슬을 잃고 목숨이 위태로울 것을 염려하여 훈구

139

공신에게 고개를 숙였던 것이지요. 군자의 나라를 만들기로 뜻을 모았던 충암(沖菴),* 사서(沙西),** 자암(自庵)***이 의금부에 갇히고 함거에 실려 유배를 떠날 때, 사영(射影, 소인배) 노릇을 톡톡히 한 이생의 아버지는 어린 아들을 앉혀 놓고 이런 변명을 늘어놓았다는군요. 성급하게 의리를 추구하면 오히려 의롭지 못한 일을 낳을 수도 있느니 나는 다만 순리에 따르려고 했을 뿐이다. 이생은 그 밤에 이름을 버리고 아버지의 집을 향해 가래침을 뱉은 다음 도성을 빠져나왔다는군요. 고운 달이 먹구름에 덮인 밤이었대요.

백이(百二, 아군 두 명으로 적군 100명을 막아 낼 수 있을 만큼 험한 지형)의 땅으로 떠돌지 않으면 불안했겠지요. 이름을 갖고, 편히 누울 집을 갖고, 외로움을 달랠 식솔을 거느리는 것은 죄악이라고 했어요. 발길 닿는 곳마다 눈물 뿌리며 아버지의 잘못을 대신 빌었다는군요. 산을 만나면 산에게, 강

---

* 김정(金淨, 1486~1520). 충암은 그의 호다. 조광조와 함께 개혁 정치를 이끈 대표적인 학자로, 기묘사화 때 하옥되어 유배되었다가 다음 해 사사되었다.

** 김식(金湜, 1482~1520). 사서는 그의 호다. 조광조와 함께 개혁 정치를 이끌었던 대표적인 인물이다. 기묘사화 때 하옥되어 선산(善山)에 유배되었다가 다음에 「군신천재의(君臣千載義)」란 시를 남기고 자결했다.

*** 김구(金絿, 1488~1534). 조광조와 함께 신진 사류를 이끈 대표적인 학자이자 서예가이다. 기묘사화 때 하옥되어 변방 여러 곳에서 유배 생활을 했다.

이 가로막으면 강에게, 짐승이 어슬렁거리면 짐승에게 용서를 구했답니다. 업이 쌓인 곳에는 눈물도 유독 많이 흐른다는군요. 송악을 지날 때면 눈이 멀 것처럼 눈물을 쏟고 가슴이 답답하여 취하지 않을 수 없다고도 했답니다. 처음에는 은근히 화가 치밀었지요. 아버지에 대한 배신감이 아무리 지독하다 한들 강산이 한 번 바뀐 후까지 이름을 감추고 눈물을 뿌릴 까닭이 무엇인가. 지나치게 감정을 드러내는 것이 아닌가. 선비란 무엇인가 물었더니 목표를 고상하게 갖는 자라고 하더군요. 목표를 고상하게 갖는 것이 무엇이냐고 물었더니 인(仁)과 의(義)일 따름이라고 답했답니다. 쉽게 이야기하라며 끈질기게 물고늘어졌지요. 그는 마른하늘을 한 번 올려다보고는, 생명을 돌보지 않고 의로움을 행하여 죽음 보기를 마치 편안한 곳으로 돌아가는 것처럼 여기는 족속이라고 하더군요. 그는 아직도 정암에게 마음을 빼앗기고 있었어요. 정암을 죽인 세상, 그 죽음에 힘을 보탠 아버지를 인정할 수 없었던 것이지요. 술에 의지하여 나무 아래에서 자고 달빛 드는 배 안에서 깨며 세월을 흘려보내는 중이었답니다. 나라에 도가 없으니 숨을 수밖에 없다고 생각한 것이겠지요. 지금 같으면 당장 그의 지나친 슬픔을 경계한 후 다스림이 패역(悖逆)해지는 이유와 어지러움이 일어나는 까닭을 바른 이름(正名)에서 찾으라 충

고하고 돌아섰을 겁니다. 벼슬에 나아가지 않고 숨는다는
것은 자학과 방탕을 허용하는 것이 아니라 자기 몸을 닦아
홀로 선하게 되는 것임을 강조하면서 말이지요. 그때는 나
역시 세상을 슬픔으로만 채우고 있던 터라 그를 나의 버렁
(매사냥 때 끼는 두꺼운 장갑. 방패막이를 뜻함.)으로 받아들였답
니다. 유리걸식의 나날이 시작되었지요.

　세월의 흐름에 따라 그날들을 이어 가는 것은 무의미합
니다. 송도를 떠날 때부터 희망을 찾는 여행이 아니었으니
까요. 어디서 비롯되었든지, 그와 나 두 사람이 만든 물줄
기는 끝을 알 수 없는 천 길 낭떠러지에 닿을 운명이었습
니다. 「비회풍(悲回風)」과 「석왕일(惜往日)」을 부르며 마지막
눈물을 쏟으리라. 독송정(獨松亭)을 지나 계곡을 따라서 다
리를 네 개나 건넌 다음 보현사(普賢寺, 묘향산의 대표적인 사
찰)에 닿았습니다. 관음전에 들어 어머니의 극락왕생을 빌
고 차 한 잔을 마시며 무쇠솥에 푸른 연기 피어오르는 것
도 구경하였어요. 바윗가 늙은 솔 위로 비추는 달과 함께
송월화상(松月和尙)*처럼 시흥을 높이고, 다음 날 새벽 새소

---

* 혜문(惠文, ?~1235) 고려 후기 승려로 이규보와 친교를 나누었다. 이규
보의 『백운소설(白雲小說)』에 따르면, 혜문의 시 「제보현사(題普賢寺)」가
그의 별호를 송월화상으로 하는 데 결정적인 역할을 했다.

리를 피리 소리처럼 즐길 여유도 있었지요. 황운(黃雲, 변방의 구름) 뚫는 칼바람이 불어도 함께 떠난다는 안도감 때문인지 힘들다기보다는 약간 불편할 따름이었습니다. 전립을 쓰고 방한화를 신고 종아리를 묶은 다음 눈 덮인 흰머리산에 올라 압록의 근원을 찾았을 때도 몸은 피곤했지만 정신은 오히려 맑았지요. 북삼도(평안도, 함경도, 황해도)에서는 슬픔이 왜 슬픔이어야 하는지를 똑똑히 알았으니까요. 푸른 압록의 물줄기에 발을 담그고 이승의 어느 곳에서 다시 만날꼬 물으면 두 곳에서 꿈을 따라 만나리라 흉내도 내었답니다. 외숙부가 억지로 넣어 준 약간의 돈이 있었기에 추우면 쉴 곳을 마련했고 배를 곯을 걱정 따윈 없었답니다. 굴원의 처지에 정암의 억울함을 가탁하였지요. 꽃귀신들(어린아이가 죽어서 된 귀신) 앞에서 눈물 흘리더라도 그 눈물 바닥에 떨어지지 않았고, 청백한 마음 지켜 충직하겠노라 다짐했지만 그 맹세 피를 토할 정도는 아니었어요. 완전한 거짓은 아니었다고 해도 그때까진 길 떠난 자의 멋스러움이랄까, 이사종과 함께 부르던 노랫가락의 여운이 묻어났답니다. 백구가 구구 울며 벽란도 어지럽힌다 해도 피하고 멈추며 돌아설 자리가 남았던 것이지요.

금강이나 두류에서도 그렇듯 평온한 날들이 이어졌다면

나는 아직도 그의 옆자리를 지키고 있을지 모릅니다. 운명을 알았다면 피해 갔을 테지만, 여전히 나는 이생과 함께 봄바람처럼 가벼운 슬픔을 만끽하고 있었지요. 어디로 날아가더라도 적당히 억울함을 호소하고 눈물 닦고 돌아서는 몸짓, 손짓, 발짓을 삶으로 받아들였습니다. 극복할 수 없는 불행이 있다는 것을, 고개 들 수 없을 만큼 지독한 고통이 있다는 것을 몰랐던 겁니다. 겨우 며칠 한숨 돌린 후 이것으로 세상 시름 다 품었노라 너스레를 떨었답니다. 나처럼 앓는 이도 없지 않은가. 얼굴이 화끈 달아오르는 부끄러운 날들이었어요.

여름을 넘기고 가을과 함께 들어선 금강산에서부터 불운이 시작되었지요. 적시(積尸, 환란의 징조를 드러내는 별)의 기운을 살피지 못한 것이 불찰입니다. 우뚝우뚝 솟은 서른여섯 개의 큰 봉우리와 바다 구름 사이로 드러나는 1만 3000개의 작은 봉우리에 감기는 순간, 왜 이 산의 이름이 여섯 개나 되는지 알 수 있었답니다. 이토록 변화무쌍한 존재를 어찌 단 하나의 이름 안에 가둘 수 있겠는지요. 창해가 눈 밑으로 술잔만큼 보이고 팔극(八極)에서 바람이 불어올 때면 정신이 휠휠 하늘을 나는 듯하다는 감회가 결코 과장이 아니었답니다. 크고 화려할 뿐만 아니라 깊고 아득하기도 했지요. 음습한 바람은 바위 구비에서 생겨나고 계곡으로 흐르는 물은 깊을수록 푸르렀어요. 불붙기 시작한 단풍 아래를 거닐며 시를 읊으니 마음이 문득 쓸쓸해질 수밖에 없었지요. 적당히 물기를 머금은 채 유점사, 마하연, 정양사, 사자암, 화룡연을 차례차례 돌아보았답니다. 구름이 낮게 내려앉더라도 가장 먼저 붉게 빛나던 산의 머리가 문득 사라지고 다시 한숨 돌린 후 고개를 들면 봉우리와 봉우리 사이로 아득한 속세의 추억들이 흘렀어요. 풍광 좋은 곳마다 암자가 있어 해가 지더라도 밤이슬 걱정은 없었지요.

두류산에 갔을 때도 느꼈었지만 조선의 산은 공맹의 산이 아니라 서호왕자(西胡王子, 석가모니)의 산이랍니다. 조선 개국과 함께 이루어진 탄압이 불제자들을 모두 산으로 숨게 만든 것이지요. 땀을 닦으며 자욱길(희미한 길)을 살피거나 나무 뒤로 다람쥐라도 찾으려고 하면 어김없이 가사와 장삼의 무리들이 보였지요. 한양이나 송악의 잘 닦여진 길을 걷듯, 그들은 저 길 없는 산길을 통해 석가의 가르침을 끈질기게 붙든 것이지요. 이윽고 푸른 냇물이 우르릉우르릉 소리를 내고 비췻빛 바위가 첩첩이 쌓인 만폭동에 이르렀답니다. 폭포 아래 깊은 못으로 다가가서 천지를 울리는 소리를 가까이 들으려는데 불제자들이 웅성웅성 나타났어요. 장삼 아래로 의천검(倚天劍, 긴 칼)이 번뜩였지요. 명화도적이었어요. 그들은 우리를 보덕굴 쪽으로 끌고 갔습니다.

햇빛이 들지 않을 만큼 울창한 자작나무 숲에는 우리처럼 끌려온 이가 열 명이 넘었어요. 하나같이 이마를 바닥에 대고 엉덩이를 치켜든 채 오들오들 떨었답니다. 밤이 들 때까지 쉰 명 가까운 이들이 잡혀 왔어요. 도적들은 우리를 일으켜 세운 다음 옷을 벗으라고 했어요. 고쟁이까지 몽땅 빼앗고는 그 안에 든 돈과 재물을 샅샅이 훑어내렸지요. 부끄러움을 느낄 틈이 없었답니다. 가을비까지 축축 내려 을씨년스러운 기운을 더했어요. 그들은 늙은이 둘을 골라 자작나무에 묶었지요. 창 한 자루를 그 앞에 내려놓으며, 그냥 풀어 주면 관아에 고발할 테니 늙은이를 차례차례 찌르라고 윽박질렀어요. 살인자가 되라는 것입니다. 아무도 나서는 이가 없자 우두머리인 듯한 사내가 이생을 지목했답니다. 이생은 엉덩방아를 찧으며 양손을 비벼 댔지요. 도적떼는 그런 이생의 손에 창을 쥐어 주곤 자작나무 앞으로 끌었어요. 찌르지 않는다면 네놈의 목부터 베겠다는 협박이 이어졌지요. 이생의 손이 허공으로 천천히 올라가더니 왼쪽 늙은이의 가슴을 곧장 찔렀어요. 나는 두 손으로 얼굴을 가렸지요. 겨우 비명을 참았으나 닭똥 같은 눈물이 볼을 타고 흘러내렸습니다. 이 손으로 사람을 죽이리라고는 상상도 못했습니다. 몇 번이나 뒷걸음질을 쳤지만 결국 창을 쥘 수밖에 없었습니다. 내가 살기 위해 남을 죽였다는 자책은 평생을 따라다녔지요. 이미 절명한 몸이었지만 늙은이의 명치를 깊숙이 찔렀으니까요.

도적 떼는 연기처럼 사라졌어요. 정적이 깔리고 멀리 만폭동의 물소리가 다시 귀에 들어온 뒤에도 울음을 터뜨릴 수 없었습니다. 어떻게 표훈사까지 갔는지 모르겠어요. 눈을 떴을 때는 빈방에 이생과 내가 덩그러니 누워 있었습니다. 불제자들이 보덕대 근처 측백나무 아래 쓰러져 있던 우리 두 사람을 구했다는군요. 그날부터 나는 바뀌었어요. 모습은 어제와 같았지만 누군가 내 머리를 짐승의 그것과 바꾼 듯했지요. 웃다가도 울고 울다가도 웃을 뿐 아니라 오른쪽 뺨은 웃으면서 왼쪽 뺨은 울기까지 했답니다. 시를 읊을 여유도 새소리, 피리 소리에 귀 기울일 마음도 없었지요. 틈만 나면 물을 찾아 창을 쥐었던 오른손을 씻고 또 씻었지만, 살인의 흔적은 더욱 가슴 깊숙이 문신처럼 박혔어요. 이생 역시 넋이 나가기는 마찬가지였지요.

그 후의 날들을 무엇이라고 부를까요.

시간은 흐르고 걸음은 계속되었지만 나오는 곳과 돌아가는 곳이 제멋대로 나뉘어 두둥실 떠다녔어요. 나는 이곳에 있기도 했지만 없기도 했고 저곳으로 가기도 했지만 가지 않기도 했지요. 하루 종일 굶는 날이 태반이었고 황덕불(화톳불)에 의지하여 잠드는 날도 많았답니다. 한 끼 더운

밥을 위해 기꺼이 몸을 팔았고 얇은 이불 하나라도 얻을 수 있다면 똥물을 마시기까지 했어요. 북삼도에서는 풍류객이 었다면 청홍도(淸洪道, 충청도) 아래로는 그야말로 상거지였 지요. 마을 어귀에서는 어김없이 아이들로부터 돌팔매질 을 당했고 소금을 뒤집어썼답니다. 언제부터인가는 가까이 오는 것조차 꺼리더군요. 산송장의 몰골이 이보다 더할까 요. 머리끝에서부터 발끝까지 수백 마리의 이가 스멀스멀 기어다녔고 뚫린 구멍에서는 피고름이 흘러넘쳤지요. 목 과 등에는 커다란 부스럼이 생겼고 발톱은 번갈아 가며 빠 졌답니다. 그런 몰골로 두류에 오른 것은 마지막 희망을 쥐 고 싶어서였지요. 정암이 평생 귀감으로 삼았던 점필재(佔 畢齋)*와 탁영(濯纓)**이 뜻을 기탁한 산이 바로 두류였던 겁 니다. 두류는 비록 하삼도에 있지만 산세가 험하기는 묘향 이나 금강 못지않답니다. 골짜기의 얼음과 눈은 여름이 지 나도 녹지 않고, 6월에 서리가 내리기 시작하여 7월에도 눈

---

* 김종직(金宗直, 1431~1492). 점필재는 그의 호다. 사림파의 거두로 정몽 주와 길재의 학통을 이어 정의를 숭상하고 의리를 강조하는 그의 학풍은 김 굉필, 정여창, 김일손, 유호인, 남효온 등에게 지대한 영향을 미쳤다. 김굉필 의 문하인 조광조 역시 김종직의 학풍을 고스란히 이어받은 것으로 평가되 고 있다.
** 김일손(金馹孫, 1464~1498). 탁영은 그의 호다. 김종직의 문하로 사림 파의 핵심 인물이다. 무오사화로 사사당했다가 중종반정 후 복관되었다.

이 내리고 8월에는 얼음이 얼어붙으며 초겨울에 폭설이 쌓여 다음해 늦봄까지 사람의 출입을 허용하지 않지요. 나무들도 산의 높이에 따라 제각각입니다. 아래에는 감나무와 밤나무가 많지만 조금 올라가면 느티나무가 지천에 깔렸고 더 올라가면 삼나무와 회나무가 한껏 뽐을 내며 맨 꼭대기에는 철쭉만이 겨우 자랄 뿐이지요. 만학(萬壑)과 천암(千岩)에 흰 원숭이처럼 달라붙어 오르고 또 올랐지만 천왕봉에 닿기란 여간 힘들지 않았어요. 훗날 스승은 천왕봉까지 오르는 길과 주변 풍광을 자세히 물으셨지요. 당신은 두 번 두류에 발걸음을 하고도 반야봉에만 올랐기에 천왕봉에 대한 관심이 남달랐습니다.

배꼽까지 흘러내린 땀을 자주 닦았답니다. 발해 바깥쪽에 두류가 있어 그 웅장함이 중국의 여러 산에 결코 뒤지지 않는다는 말이 떠오르더군요. 선골(仙骨)이 모자란 이는 아예 오를 생각도 말라는 위협이 빈말이 아님을 알겠고, 왼쪽으로 황학(黃鶴)을 부르고 오른쪽으로 부구(浮丘)를 불러* 지척에서 신선들 너울너울 춤추는 선계라는 주장이 결코 과장이 아님을 알겠어요. 이생은 부쩍 약해져 있었지요. 쌍계사든 신흥사든 칠불사든 숨어서 쉬고 있을 테니 홀로 다녀

---

* 둘 다 신선의 이름이다.

오라 했답니다. 산의 앞쪽과 뒤쪽이 정말 밤과 새벽을 가르는지도 알고 싶지 않고 층층이 생겨나는 구름으로 마음 씻고 싶지도 않으며 그토록 흠모하던 점필재의 기상도 살피고 싶지 않다는 것이지요. 어르고 구슬려 저물녘에 겨우 천왕봉을 올랐습니다. 안개 자욱하고 산천이 어두워 땅 밑에 온 듯한 착각이 일었어요. 사지를 쳐올리며 동서로 마구 부는 바람만이 하늘과 가장 가까운 곳에 왔음을 가르쳐 주었지요. 큰 나무 서너 그루를 베어 불을 피우고 몸을 녹였습니다. 지독한 졸음이 몰려왔어요. 이대로 몸을 던지면 시작도 끝도 없는 어둠에 묻힐 것 같았습니다. 겨우 한 칸쯤 되는 판잣집을 찾았어요. 그곳이 우리의 마지막 목적지였지요. 북쪽 문으로 도망칠 사람*이 있을까 염려하며 조심조심 안으로 들어가니 집은 텅 비었고 부인의 석상만이 덩그러니 있었어요. 지전(紙錢)이 어지러이 들보 위에 걸렸는데 김종직, 유호인, 조위 세 사람의 이름이 눈에 띄었습니다. 또 다른 지전에서 김일손이란 이름 석 자도 찾을 수 있었어요. 그 이름들을 확인하는 순간 가슴이 콱 막히고 눈물이 울컥 쏟아졌답니다. 굶어 죽고 병들어 죽고 맞아 죽은 이들의 최

---

* 은자를 뜻한다. 『보한집(補閑集)』에 고려 초 지리산에 숨어 살다가 임금의 부름을 받고 북쪽 문을 열고 도망친 지리산 은자에 대한 일화가 실려 있다.

후가 겹쳤기 때문이지요. 금강에서 두류에 이르는 동안 직접 눈을 감겨 준 사람만도 쉰 명이 넘었습니다. 천왕봉에 올라 호연지기를 기르던 이들은 다 어디로 갔단 말인가. 문장과 경술을 익혀 하늘의 도를 펼치려던 인재들은 어느 곳에 숨어 웅크리고 있는가. 명화도적이 되고 강도가 되고 노비로 몸을 팔아 겨우 목숨을 이어 가는 저 불쌍한 백성을 구할 이는 정녕 없단 말인가.

금오(金烏, 해)가 날아오르기를 기다려 신흥사로 내려왔답니다. 절 앞에 맑은 못과 반석이 있었지요. 석가에게 자비를 구하여 배라도 채울 요량으로 바삐 걸음을 재촉하는데 계곡에서 맑은 노랫소리가 흘러나왔습니다. 장강풍급랑화다(長江風急浪花多, 장강의 바람이 급하니 낭화가 많도다) 하도다 지국총 지국총 어사와. 계곡에서 「어부가」는 어울리지 않지만, 버드나무처럼 축축 늘어지며 가볍게 꼬리를 말아 올리는 사내의 목소리는 그 모든 어색함을 지우고도 남았어요. 이사종과 자웅을 겨룰 가인(歌人)이 두류산 골짜기에 몸을 숨기고 있었던 겁니다. 만류하는 이생을 남겨 두고 계곡으로 내려갔지요. 공맹의 제자에게 얻어먹으나 석가의 제자에게 얻어먹으나 얻어먹기는 마찬가지니까요. 다섯 선비가 와준(窪樽, 산에서 벌이는 호쾌한 술자리)에 둘러앉아 탁족을 즐기고 있었고 품에는 고만고만한 기생들이 하나씩 안겨 있었어요. 노래를 부른 이는 맑은 음색과는 달리 쉰을 훨씬 넘겨 보였답니다. 새하얀 머리가 사호(四皓, 진시황의 폭정을 피하여 깊은 산중에 은거한 네 명의 은자)를 연상시켰지요. 장작불을 이리저리 들쑤시며 개고기를 굽던 하인이 내 더러운 몰골을 보고 험한 말을 해 댔습니다. 개만도 못한 년이라구요. 구걸을 위해 몸을 던지긴 했지만 노래나 춤을 보인 적은 없었답니다. 마지막 남은 자존심이었지요. 얻어먹기 위해서가 아니라 방금 노래를 마친 사내와 사귀기 위해 청하지도 않은 노래를 불렀습니다. 사내는 긴 한숨 내쉬며 말석에 나를 앉힌 후 개고기 살점과 쌀밥을 던져 주었어요. 이름과 나이를 물었지만 주린 배를 채우느라 성의껏 답하지 않았습니다. 그들이 누구인지 알 필요가 없듯 내가 누구인지 밝힐 까닭이 없으니까요. 이생까지 데리고 와서 게걸스럽게 먹어 댔답니다. 내 노래에 고개를 끄덕이던 선비들도 이가 스멀스멀 기어 나오는 우리들의 복색을 살피고는 코를 쥐며 저만치 떨어져 앉았어요. 사내가 내게 무엇인가를 더 물으려는데, 가장 멀리 물러앉은 매부리코 사내가 곁에 앉은 기생의 머리 냄새를 킁킁 맡으며 입을 열었어요. 제주 기생의 말 달리는 솜씨를 자네들이 봤어야 해. 맞은편 사내가 대꾸했지요. 북청 기생의 말이 훨씬 클걸. 다른 목소리. 의주 기생은 말도 타고 검무까지 춘다네. 또 다른 목소리. 안동 기생은 말을 타고 검무를 출 뿐만 아니라 『대학(大學)』의 도까지 읽지. 모두들 마지막 남은 사내에게 고개를 돌렸어요. 송도 기생은. 사내는 말을 끊고 좌중을 훑은 후 말머리를 바꾸었지요. 자네들은 눈먼 기생을 품은 적이 있나. 그것도 처음으로 머리를 얹어 준 적이 있는가 이 말이야. 기생들이 일제히 여음(餘音)을 넣었지요. 어쩜 어쩜 망측도 해라. 그 순간 나는 미친 말처럼 내달려 술과 안주를 짓밟고 걷어찼답니다. 송도의 눈먼 기생은 진현금, 내 어머니뿐이었으니까요. 다섯 사내와 기생들은 가래침을 뱉으며 황급히 자리를 떴어요.

태어나서 가장 큰 소리로 목놓아 울었지요. 새끼할머니가 예성강에 떠올랐을 때도, 어머니가 처참한 몰골로 눈을 감았을 때도, 그렇게까지 펑펑 울지는 않았답니다. 교인(鮫人, 상반신은 인체, 하반신은 어체인 상상의 동물)의 구슬(눈물)도 내 눈물보다는 작았을 겁니다.

그 사내가 정녕 내 아버지였을까요. 울분을 누르고 차분하게 살피지 못한 것이 지금도 후회가 됩니다.

강호자연을 운위하며 사림을 자처하면서도 백성의 고통을 돌보지 않고 팔도 기생을 안주 삼아 대낮부터 술잔이나 기울인 그들로 인해 마음이 더욱 무거워졌답니다. 시절을 탓하며 기영(箕潁, 자연과 벗하며 지조를 굳게 지킴)에 숨으려는

것도 제 배를 채우기 위한 핑계에 지나지 않지요. 노랫소리
가 제아무리 아름답다 해도 그것은 촉(蜀)의 개 짖는 소리
에 불과합니다. 그들에게 두류산은 더 이상 뜻을 다듬고 기
를 키우는 배움의 도량이 아니었어요.

　다음 날 우리는 헤어졌지요. 먼저 이별을 알린 쪽은 이생
이었습니다. 정승의 반열에 오른 아비가 위독하다는 겁니
다. 언제 연통을 받았느냐고 따져 물었더니 자기를 믿지 못
한다며 오히려 화를 내더군요. 선선히 그를 보내 주었어요.
그가 정녕 세상과 등을 돌릴 뜻이 있다면 아비의 부음을 들
었다 해도 한양으로 걸음을 돌릴 생각은 품지 않았겠지요.
처음부터 그는 돌아갈 수밖에 없는, 제 이름을 갖고 살아갈
수밖에 없는 사내였습니다. 잠깐 기다리기는 했답니다. 정
이란 또 끈질긴 놈이라서 마음은 벌써 멀어졌으면서도 낙
엽 소리에 깜짝깜짝 놀라기도 했지요. 결국 나는 홀로 돌아
왔습니다. 위봉루의 남은 터가 있어 북쪽 기슭에 버려지고
반룡의 옛 언덕이 있어 동쪽의 밭두덕에 솟은 송도로 말이
에요. 금성(錦城, 전라도 나주) 관아에서 이를 잡으며 노래하
고 거문고를 탄 것도 귀향 여비를 얻기 위함이었답니다. 어
떤 오기가 가슴 저 밑바닥에 단단하게 자리 잡기 시작했는
지도 모르겠네요. 너무 늦지 않았다면 다시 시작하고 싶습

니다. 이번에는 비껴 서거나 도망가지 않고 정면에서 맞서
고 싶었지요. 두 눈 부릅뜨고 말이에요.

빗방울, 나의 길

햇살이 머물 때 글을 시작하려고 먹을 갈았는데 종이를
펴니 벌써 촉룡(燭龍)이 눈을 질끈 감았네요.(촉룡이 눈을 뜨
면 낮이 되고 눈을 감으면 밤이 된다고 한다.) 자기를 이기고 예
를 회복하는 것[克己復禮]은 얼마나 어려운지요. 넓고 큰 공
부는 하지도 못하고 또 해를 넘기는군요. 도소주(屠蘇酒, 설
날에 악한 기운을 몰아내기 위해 마시는 술)를 찾는 것조차 부끄
럽네요. 그 누구도 상지(上知, 뛰어난 지혜를 타고난 사람)로 시
작할 수는 없으니, 고민할 화두와 읽을 서책이 너무 많아
서 걱정이라면 한 가지만 정해 두고 매진하라셨지요. 일찍
이 성현은 음과 양이 처음으로 변화하는 날인 지일(至日, 동
지나 하지)에 관심이 많았으니, 그날부터 복(復)의 의미를 새
기면 하늘과 땅의 마음이 나타나는 것도 알고 인지(仁智)의

본성이나 충서(忠恕)의 도도 이해하게 된다 하셨어요. 조화에는 치우친 기가 없는데도 음을 누르고 양을 처음으로 움직인 성현의 뜻을 알면 봄바람이 사해에 고루 퍼지면서 만물이 절로 생성하는 것을 기이하게 바라보지 않게 된다는 말씀 잊어 본 적이 없답니다. 이 긴 동지의 밤 허리를 베어 두어도, 벽한서(辟寒犀, 추위를 없애 주는 능력을 지닌 나무) 미리 방 안에 옮겨 두어도, 함께 예를 논할 수 없음은 안타깝지만, 스승이 가장 소중히 여기시던 밤에 10년 배움을 살피는 감회가 새롭습니다.

비망(備忘)은 더 많은 잊음을 통해서만 획득되지요.

완벽한 한 권의 서책을 쓴다는 것은 완벽하지 못한 수만 권의 서책을 버리는 것과 같습니다. 언젠가 수암(守菴)*이 부족하지도 않고 넘치지도 않게 태우는 것이 불가능하다면 차라리 텅 비워 두는 편이 낫다고 했을 때, 스승은 배움이 크다고 칭찬하셨어요. 나는 그 비어 있음의 아득함을 짐작은 하되 결코 그 안으로 들어간 적은 없습니다. 비어 있음에 기대어 만물의 근원을 아뢴 수암조차도, 있고 없음의 간

---

* 박지화(朴枝華, 1513~1592). 자는 군실(君實)이고 수암은 그의 호다. 서경덕의 제자로 박학하고 시문에 능하였으며 글씨를 잘 썼다. 주역과 노장사상에 심취한 대표적인 인물이다.

극을 지우기 위해 여지껏 고심하고 있으니까요.

해를 그려 보라 하면 누구나 가볍게 붓을 듭니다. 해는 둥근가요. 어디까지가 해의 안이고 어디부터가 해의 바깥인가요. 선을 긋고 안과 밖을 구별하려 할수록 해는 방금 가득 채웠던 자리를 없음으로 남기고 새로운 없음을 채우기 위해 움직이지요. 우리는 다만 해의 없음을 통해 그 있음의 형체를 짐작할 뿐입니다.

스승이 변변한 서책 한 권 묶지 않으신 것도 이 큰 비어 있음을 가르치기 위함인지도 모르겠네요. 스승의 빈자리가 크고 아득할수록 비워 둔 순간들이 흔들립니다. 호오(好惡)가 바뀌어 스승의 삶을 어긋나게 묘사하기도 하지요. 두루바리(호랑이)를 타고 송도와 두류산을 하룻밤 사이에 왕복한다거나, 자황(紫黃, 용의 날개를 달고 하늘을 날아다닌다는 신마(神馬))을 몰고 해와 달을 가리며 주문을 외워 구름과 비를 부른다거나, 흙과 돌을 뭉쳐 금을 만든다는 풍문 때문에 꽃못에서의 공부가 공맹의 가르침을 받들지 않는 것으로 오해되기도 했습니다. 이곳을 거대한 단방(丹房, 단약(丹藥)을 굽는 곳)으로 여기는 이도 있었지요. 우리가 공맹의 뒤만 좇지 않은 것은 맞지만 잡술로 세상을 속이려는 마음은 조금도 없었답니다. 왜 주자의 가르침을 멀리하는가 묻는 이도 있습니다. 남송뿐 아니라 북송의 서책을 살피는 것은 도의

길이 남송에서만 나올 까닭이 없기 때문이지요. 감히 도의
자리를 논하자면, 그것은 남송과 북송을 넘어 공맹과 노장
을 지난 곳에 머물 터입니다. 서책 안에 도가 없듯이 누구
누구의 이름에 도가 담겼을 리 만무하지요. 학문을 하면서
사물의 원리를 먼저 궁구(窮究)하지 못한다면 독서가 무슨
소용이 있겠는가! 스승의 탄식은 이를 염두에 둔 겁니다.

  허태휘가 받아 적은 네 편의 글을 제외한다면, 내가 내
비망의 기록들을 부끄러워하듯, 스승은 당신의 말과 글이
땅속 깊이 묻히기를 원하셨어요. 사양(師襄, 공자에게 거문고
를 가르친 노나라의 탁월한 음악가)은 연주만 할 뿐 자신이 만
든 소리에 말과 글을 덧붙이는 법이 없으니까요. 자신의 것
인 양 문하에서 가르침을 옮기더라도 오히려 기뻐하셨지
요. 문하의 글을 통해 당신의 깨달음이 되살아나는 순간
을 즐기신 듯도 합니다. 스승을 위한 일에 앞장섰던 토정
(土亭)*이 문집을 편하여 찬하는 일만은 반대한 것도 한 인
간의 깨달음을 언어로 가두는 것을 원치 않아서였어요. 이
미 수십 명의 문하가 스승의 가르침에 따라 팔도에서 공부

---

* 이지함(李之菡, 1517~1578). 자는 형중(馨仲)이고 토정은 그의 호다. 『토
정비결(土亭秘訣)』의 저자로도 유명하며, 서경덕으로부터 주역을 배웠다.

를 잇고 있으니, 스승의 행적은 날이 갈수록 오히려 뚜렷해
지리라는 겁니다. 죽음이 사라짐은 아니겠지요. 한 조각 촛
불의 기가 눈앞에서 사라지는 것처럼 보이더라도 그 기는
끝내 없어지지 않는 법이니까요. 기의 모임과 흩어짐에 따
라 죽음과 삶, 사람과 귀신이 나뉠 뿐, 기 자체는 사라질 수
없답니다. 기가 끝없이 천하를 도는 것처럼 나 역시 새로운
미래를 준비하기 위해 바삐 움직였습니다.

이생과 헤어져 송도로 돌아온 후 병부교를 오가며 많은
돈을 모았지요. 광대등걸(뼈만 남은 얼굴)로 망량(魍魎, 도깨
비)처럼 돌아온 것이 신기했던 탓일까요. 오랜 여행 때문에
주립(피곤하여 고단함)이 들었지만 곧장 거문고를 지고 나갔
답니다. 스물의 청초함은 사라졌으나 삶의 곡진함과 변화
무쌍함이 손끝에서 저절로 묻어났지요. 삼청(三淸, 신선이 사
는 곳)에서 내려온 선녀의 음률이란 헛소문도 이번에는 그
대로 두었답니다. 모도리(빈틈없이 야무진 사람)처럼 매사를
꼼꼼히 챙겼어요. 뜻을 펴기에 충분한 금전두(錦纏頭, 기생에
게 주는 재물)만 모이면 영원히 거문고를 버릴 참이었으니까
요. 그때도 예외는 있어 송 공(송겸)의 부름에는 돈 한 푼 받
지 않고 응했지요. 문신 정시에서 수석을 차지한 이의 실력
도 궁금했지만 외숙부의 특별한 당부가 있었기 때문입니
다. 그때 나는 기적에서도 이름이 빠졌으니 유수의 점고(點

考)를 받을 이유가 없었지요. 송도 관아의 최연장자로 신당(神堂)의 제관까지 맡은 외숙부는 새로 온 유수가 지나치게 강직하여 아전의 일까지 간섭한다며 그의 마음을 풀어 달라고 청했답니다. 유수는 몇 년 머물다 가면 그만이지만 아전은 대를 이어 송도 관아를 터전으로 삼지요. 대개 부임하는 유수가 먼저 아전을 구슬려 도움을 받는데, 송 공은 호락호락 손을 내밀지 않았던 것입니다. 나는 흔쾌히 외숙부의 청을 받아들였고, 그 후론 송 공도 명을 내리기 전에 외숙부에게 먼저 하문하는 일을 잊지 않았다고 해요. 훗날 스승의 부탁을 받아 송 공 어머니를 위한 수연(壽宴)에 참석하기도 했습니다. 송 공도 다른 유수들처럼 스승과의 교유를 중히 여겼기 때문에 내게 그런 청이 들어온 것이겠지요.

곳간을 다시 채우며 세인들의 목소리에 귀를 기울였습니다. 재물을 모은 것은 내 배를 불리기 위함이 아니었으니까요. 양(陽)이 조금씩 자라는 것을 지켜볼 만큼 참을성이 많지도 않았답니다. 지족사의 주지와 화담의 서생, 두 사람이 물망에 올랐습니다. 송도 근방에서 가장 존경받던 인물이었지요. 그들을 병부교 근처로 청할까 하다가 인간 됨됨이뿐만 아니라 그들의 거처와 제자들까지 살피기 위해 직접 길을 나섰답니다. 허태휘는 내가 이 대목을 건너뛸까 염려하여 이렇게 물었지요.

사랑의 문제였습니까.

겨우 10년 전 일인데도, 사내들은 나와 지족선사, 나와 스승의 첫 만남을 내기로 바꾸었습니다. 그것도 아주 지독하게 꾸미고 비틀어서 말이에요. 기생 황 모가 지족선사와 서화담에게 값싼 웃음과 노래로 동침을 요구했다는 겁니다. 유혹에 굴복한 지족선사는 황 모에게 버림받았고 그 유혹을 견뎌 낸 서화담은 평생 황 모의 존경을 받았다는군요. 내 마음이 다칠까 염려한 허태휘는 고당몽(高唐夢, 남녀의 육체적 결합)이라도 꾸었느냐 따지지 못하고 다만 사랑의 문제였냐고 물은 것이지요. 아니에요. 그건 결코 연리지(連理枝, 육체적 사랑)의 문제가 아닙니다. 허태휘가 의도하지는 않았겠지만 그 예의 바른 물음 속에도 계집들은 사랑에 전부를 건다는 편견이 담겨 있지요. 물론 어머니처럼 첫 입맞춤을 잊지 못하고 평생을 보내는 여자도 많아요. 사랑 그 자체가 잘못은 아닙니다. 한 여자가 한 남자를 만나려고 할 때, 특히 나 같은 기녀가 어떤 사내와의 만남을 원할 때, 그것을 무조건 운우지락(雲雨之樂, 육체적 사랑)의 문제로 돌리는 것은 큰 잘못입니다. 스승의 위대함이 어찌 황 모란 기생과 동침을 하지 않았기 때문이겠습니까. 스승이 나와 잠자리를 하지 않은 것은, 나의 유혹을 물리친 것이 아니라 사제

간의 예의를 다했기 때문이지요. 스승과 내가 한 베개를 베었다고 해도, 그것이 어찌 스승의 위대한 사색에 작은 흠집이나마 낼 일이겠는지요. 나로 인해 스승의 참모습이 가려지는 것 같아 송구스러울 따름입니다.

청량봉(淸凉峰)에서 바라보는 서해 바다는 정말 아름답습니다. 대국으로 향하는 너벅선(너비가 넓은 배)들이 쉴 새 없이 섬 사이로 숨바꼭질을 하던 시절도 있었지요. 깨달음을 얻으려면 이 정도 경관은 품어야 한다는 생각도 들었습니다. 육통(六通, 여섯 가지 신통력)을 모두 얻었다는 지족선사는 30년 면벽 수행의 고집이 보이지 않을 만큼 부드럽고 친절한 분이었지요. 서해에 떠 있는 섬들의 이름을 하나하나 알려 주었을 뿐만 아니라 지족암 뒤에 펼쳐진 수십 장의 절벽에 깃들인 전설도 들려주었답니다. 맑은 목탁 소리와 함께 패음(唄音, 불경을 읽거나 게송을 강창하는 소리)이 끊이질 않았지요. 일백여덟 명의 제자가 스승이 내린 화두를 쥐고 포단(蒲團, 좌선할 때 깔고 앉는 부들로 만든 둥근 방석)에 앉아 육욕(六欲, 여섯 가지 욕망)으로부터 벗어나기 위해 정진 중이었답니다. 사흘을 그곳에서 묵었지요. 지족선사와 나눈 말들을 일일이 기억할 수는 없지만 떠오르는 풍경은 하나 있습니다.

둘째 날 오후부터 가랑비가 내렸습니다. 지족선사는 손수 푸르게 피어나는 안개와도 같은 차를 끓였지요. 솔잎차를 앞에 놓고 빗방울에 빗대어 서로의 마음을 떠보았답니다. 불제자는 빗방울부터 벗어나려 했고 나는 그 빗방울을 온몸으로 맞으려 들었지요. 빗방울에 사로잡히면 모든 것에 사로잡힌다고 하기에 빗방울 하나도 잡지 못하는 이가 어찌 억겁의 연을 끊을 수 있겠느냐고 따졌답니다. 지족선사는 찻잔의 떨림을 조용히 응시하며 말을 아꼈지요. 깨달음이 아무리 깊다 한들 도의 문을 밀고 들어올 중생이 진흙에 코를 박고 있다면 무슨 소용이 있느냐고, 더 날카롭게 다가섰답니다. 욕심이 크면 집착이 두터운 법인가요, 설령 떼어 내기 힘든 집착이라 하더라도 그 욕심을 만들어 낸 먼지와 티끌을 쓸어 내야 빗방울도 맑고 깨끗해지지 않겠습니까. 지족선사는 더 높은 봉우리로 올라갈 마음뿐이었고 황 모는 날아오르고 싶지 않았습니다. 땅바닥을 배로 밀며 기어 다니는 이들의 눈물과 한숨을 4년 동안의 유랑에서 직접 보고 들은 것입니다. 지족사의 풍광을 부슬부슬 쓰다듬는 가랑비가 누군가의 숨통을 턱턱 막을 수도 있지요. 대사님은 틀림없이 더 큰 도를 깨우쳐 더 높이 오르시겠지만 자비로운 걸음에 밟혀 피를 토하는 미물은 어쩌시렵니까. 지족선사는 결국 마음 바닥의 그림자를 드러냈습니다. 이 작은 절이 움직인다 하여 세상이 달라지겠소이까. 많은 희생이 따를 터이니 움직이지 않느니만 못하다는 뜻입니다.

솔잎차를 한 잔 더 철한 후 눈을 똑바로 들여다보았습니다. 빗방울과 부딪혀 보아야 하지 않겠어요. 한 점 빗방울의 차가움도 모르는 이가 어찌 그 안에 비치는 영롱한 만인의 세계를 노래할 수 있겠습니까. 지족선사도 이번에는 눈길을 피하지 않았습니다. 슬픔은 강을 이룰 만큼 넓고 분노는 벼락을 칠 만큼 뜨겁소이다. 누구에게 그 슬픔과 분노를 옮기려 하십니까. 소승이 억겁의 악연을 홀로 마음에 묻는 법을 가르쳐 드리겠소이다. 누추하지만 이곳에 머물러 정진하시지요. 지족선사는 진심으로 나를 걱정하였습니다만 나는 오히려 그가 염려스러웠습니다. 심하게 흔들리는 것도 문제지만 미동도 없이 송장처럼 꼿꼿한 것도 위험하니까요. 처마에서 떨어지는 빗방울에게는 손을 내밀고 파도치는 뱃전에서는 양어깨의 높낮이를 바꾸는 법입니다. 한번 부러지면 회생하기 힘든 왕죽 같다고나 할까요. 그때 지족사에 머물렀다면 적지 않은 깨달음을 얻었겠지요. 수행에 임하시는 지족선사의 자세는 송도는 물론 조선 팔도에서도 손꼽힐 정도였습니다. 진귀한 서책과 함께 대덕 고승들의 측량하기 힘든 경지를 훔쳐볼 수 있었을 것입니다만, 나는 모여 있되 홀로 남는 배움보다 홀로 있되 함께 가는 배움을 원했습니다. 비가 그치자 찻잔을 내려놓으며 작별의 인사를 건넸지요. 성불하십시오.

더 이상의 대화는 없었고 다음 날 보현봉 위 맑게 개인 하늘을 등지고 하산하였지요. 몇 달 후 지족선사의 파계 소식을 들었답니다. 그것이 과연 풍문대로 황 모 때문인지 속세에 들지 않고는 풀지 못할 화두가 있었는지 모르겠네요. 지족선사는 나를 찾지 않았고 나 역시 길이 다른 사내에게 눈길을 돌릴 만큼 여유롭지 못했으니까요.

내게는 그저 스쳐 지나간 만남이 세인의 관심을 끌기도 하고, 내게는 매우 소중한 순간들이 무시당하기도 하지요. 꽃못에 들어 스승의 가르침을 받고 동학들과 어울려 학문을 논한 일은 결코 인정하려 들지 않으면서, 지족선사와의 스쳐 지나간 만남은 황 모의 천성을 비난하는 예화로 쓰이니까요. 황 모는 늙어 죽을 때까지 남정네를 유혹하는 기생에 불과했다고 보고픈 사와 대부들의 바람을 모르지 않지만, 하지도 않은 일 때문에 비난받을 수는 없습니다.

학인(學人)의 춤

지족사에서 내려오자마자 꽃못으로 들어갔지요.

고요한 물가에 떠 있는 흰 구름과 향기로운 풀 속에 묻힌 집. 과연 친밀함을 바라는 은자의 동리(東籬, 세상을 피해 사는 고상한 선비의 거처)다웠어요. 붉은 철쭉 만발한 꽃못 역시 청량봉에서 바라본 바다만큼 장관이었지요. 왕유의 망천(輞川, 왕유가 머물던 별장)도 이에 미치지는 못할 겁니다. 스승은 신선 세계에서 노닐고 싶어 박연을 지나 마담(馬潭)까지 나들이를 가셨다는군요. 구름 자욱하여 계신 곳 찾기 어려울 것 같기에, 그늘진 농막에서 천년 묵은 이끼 살피며 홀로 기다렸답니다. 미리 연통을 넣었음에도 집을 비운 것은 나를 만나지 않겠다는 뜻이지만 스승을 찾는 일에 삼고초려인들 마다하겠어요. 노을이 지니 골짜기의 새들 돌아가라 돌아가라 울어 대고 부슬부슬 비가 내리기 시작했지요. 높은 곳에 오르려 떠난 주인을 그리며 집 지키던 닭과 개도 낮게 신음하더군요. 그 밤에 스승은 어디서 비를 피하신 걸까요. 깜빡 잠든 듯한데 눈을 뜨니 어느덧 날이 훤하게 밝아 오기 시작했답니다. 발(簾)을 들고 오관산을 살피니 높은 봉우리에 삿갓구름 걷히고 푸른 꼭대기가 보이네요. 오시(낮 11~1시)를 넘기고도 한참이 지난 후 허공을 걷듯 돌아온 스승은 사립문 밖에서 마당을 넘겨다보셨어요. 나귀를 확인하고는 걸음을 돌려 천으로 내려서지 않았다면 스승은 적어도 보름 이상 꽃못을 비웠을 겁니다. 소경 낚시(낚싯바늘이 없는 낚시) 드리우고 넓은 바위에 앉아 맑은 물 내려다보며 만물의 존재를 고민하고 또 고민하셨겠지요. 문하로 들어간 다음 왜 그렇게 피하려고만 하셨는지 여쭈었어요. 스승은 읽고 계시던 『남화경(南華經)』을 덮으며, 자네 별명이 하도 고약해서 그랬네, 하셨답니다. 그 별명이 무엇이냐고 다시 여쭈었더니, 사내 잡아먹는 물여우!라며 껄껄껄 웃으셨지요.

저는 다만 근원을 찾아서 왔을 따름이라고 말씀드렸습니다. 왜 하필 근원이냐고 반문하시기에, 흘러넘치기는 쉬우나 빨리 마르지 않기는 어렵기 때문이라고 답했답니다. 그것이 왜 어려우냐고 다시 물으셨지요. 행하되 도리에 밝지 못하고 익히기는 하나 밝히지 못하며 올바른 길을 알지도 못한 채 그저 살아가는 자들이 많기 때문이라고 답했어요. 멀리서 보면 사대부답지 않고 가까이 가서 보아도 두려워할 데가 없는 이를 만나면 어찌하는가를 물으셨고, 처음에는 그 부족하고 바르지 못한 것을 지적하며 그래도 말을 듣지 않으면 지나칠 뿐이라고 답한 다음, 어찌하시는지요, 여쭈었습니다. 스승은 자신의 허물을 보고서 자책하기에도 시간이 부족하다는 말로 답을 대신하셨답니다. 나는 고개를 갸웃거리며 먼저 뜻을 밝혔어요. 일찍이 성간은 성현도 장부요 나도 장부니 내가 어찌 저를 두려워하리요, 하였으니 물러나 자책하기보다 나아가 천지를 위해 뜻을 세우고 만세를 위하여 태평성세를 여는 편이 낫지 않겠는지요. 스승은, 이(利)와 명(命)과 인(仁)은 드물게 논해야 하는 법이라고 짧게 답한 후 일어서셨답니다. 황 모를 꽃못에 받아들이는 일은 진흙 부처가 내를 건너는 것과 같다*고 여기셨던 것이지요. 한 잔 마시매 온갖 시름 흩어지는 탁주를 좋아하며, 높이 자란 대나무가 맑은 개울가에서 한들거리는 정경을 아낀다는 것을 밝히지 않았다면, 스승은 나와의 인연을 접으셨을 테지요. 곤(鯤)이 삼천 리나 뛰어오른다 해도 땅을

---

*쓸모없는 일을 뜻한다.

벗어나지 못하고 붕(鵬)이 구만 리나 바람 타고 날아오른다 해도 내려앉을 수밖에 없음을 헤아리는 스승은 다시 자리를 잡으셨어요. 자네가 안락선생(安樂先生, 소옹)을 아는가.

허태휘의 지적처럼, 내가 원한 공부와 스승의 학풍이 딱 들어맞지는 않았답니다. 스승이 나를 문하로 받아들이기를 망설인 만큼 나 역시 꽃못에서의 배움을 주저한 것도 사실이지요. 벽라의(碧蘿依, 은자들이 입는 옷, 푸른 벽라의(薜蘿依))의 스승은 나아가는〔進〕 것보다 돌아가는〔復〕 것으로 삶의 근본을 잡고 계셨으니까요. 가야금과 책만 벗하며 지내면 어찌 계유(猰貐, 포악한 군왕이 지배할 때만 나타나서 사람을 잡아먹는 맹수)를 쫓아 보낼 수 있겠느냐고 따진 것이 귀법사 계곡이었지요. 그때는 허태휘를 비롯하여 형중(馨仲, 이지함)과 군실(君實, 박지화) 등도 함께했었어요. 스승은 선비의 출처(出處)란 하나가 아니라고 하셨답니다. 도를 행할 만하여도 시대가 맞지 않아서 도를 숨기는 이도 있고, 백성은 비록 새롭게 할 만하나 그 자신의 덕이 새롭지 못하여 나아가지 않는 이도 있으며, 밝은 임금이 위에 있어 배운 바를 시험할 만하여도 스스로 자연과 벗하며 사는 것이 좋아 과거를 보지 않는 이도 있고, 자신의 덕이 다 성취되지 못하여도 백성들이 힘겹게 사는 것을 앉아서 볼 수 없기에 부득이

선달(先達, 새로 급제한 사람)이 되기도 한다는 겁니다. 그중 어디에 해당하시느냐고 물었으나 또 웃음으로 피하셨지요. 정치란 무엇이냐고 고쳐 여쭈었더니 명분을 바로잡는 것에 다름 아니라고 하셨습니다. 명분이 서면 말할 수 있고 말할 수 있으면 행할 수 있으니 명분을 회복시켜야 한다는 말씀이셨지요. 군실이 덧붙여 인을 물으니 예로 돌아가야 한다고 답하셨습니다. 어찌해야 예로 돌아갈 수 있느냐며 내가 다시 끼여들자, 육언(六言)이 아무리 아름다운 덕이라고 해도 배움이 없으면 가릴〔蔽〕 뿐이므로 힘써 배우고 익히라 하셨어요. 스승이 얼마나 예에 밝으셨는지는 탑전에 올리려다가 그만둔 소(疏)에서도 드러나지만,* 나는 결코 꽃못의 그윽한 흥취를 찾아 즐기며 대그늘〔竹陰, 대숲의 그늘진 곳〕에 누워 위대한 도를 공부하는 것으로는 만족할 수 없었지요. 눈치 빠른 허태휘는 내가 귀법사에서 내려오자마자 탄현문으로 사라지지 않을까 걱정했다는군요. 그런 마음이 전혀 없었던 것도 아닙니다. 10년 꽃못에서 배움을 구하는 동안 스승의 가르침에 순종하기보다 고개 저으며 대든 적

---

*서경덕은 「우리나라의 대상(大喪) 치르는 제도가 옛날 법도에 어긋남을 논하여 인종 대왕에게 올리는 글」에서, 인종이 대상을 치르면서 예에 어긋난 부분을 조목조목 지적하였다. 그러나 그는 이 소로 인해 인종의 슬픔이 더할 것을 염려하여 글을 탑전에 올리지는 않았다.

이 많았으니까요. 마음에 흡족하지 않았음에도 그동안 모은 돈과 재물을 꽃못에 묻은 것은 스승의 문하에 들어온 주준(朱儁, 후한 시대 뛰어난 인재)의 면면을 확인하였기 때문입니다. 문하가 모두 스승처럼 극기복례로 기울었다면 나는 결코 꽃못을 찾지 않았을 테지요. 스승께선 나보다 더 당신의 뜻에 반하는 이들까지 놀랍게도 넉넉히 품어 주셨습니다. 초엽(蕉葉, 얕은 술잔) 같은 물음도 버리시는 법이 없었지요. 꽃못의 깊이는 헤아릴 길이 없다는 말은 결코 과장이 아니랍니다.

형중과 군실이 찾아오면 막힌 것과 급한 것을 구하는 이치[周窮救急]를 함께 논하셨어요. 스승은 크게 바른 태평의 높은 뜻은 인정하면서도 그것을 위해 장각(張角, 황건적의 난을 일으킨 장본인)처럼 세상을 어지럽히는 데는 반대하셨지요. 단사(丹砂, 황화수은)가 장수를 보장하느냐는 물음에는 오래 사는 것이 결코 공부의 목적이 될 수 없다며 단확(丹臒)이든 단속(丹粟)이든 찾아 헤매지 말라고 엄히 충고하셨답니다. 그것들을 찾느니 차라리 삼팽(三彭, 인간의 몸에 살면서 옥황상제에게 그 사람의 잘못을 일러바치는 벌레)을 두려워하는 편이 낫다고도 하셨어요. 경초(景初)*를 만나면 하루 종

---

* 민순(閔純, 1519~1591). 경초는 그의 자다. 서경덕의 제자로 예(禮)에 밝

일 『예기』를 어루만지셨고 화숙이 오면 『역경』을 읽고 그 오묘함을 노래하셨지요. 배움에 뜻이 깊은 응길(應吉)*에게 는 『소학(小學)』을 논했고 화살 맞아 다친 새(조광조를 뜻한 다.)의 가련한 신세를 꼭 되갚아 주겠노라 벼르는 태휘에게 는 『근사록(近思錄)』으로 마음을 다스리게 했답니다. 노자 를 만나면 허무(虛無)를 몰아세우고 석가를 만나면 적멸(寂 滅)을 비판했던 것이지요. 스승은 세상 티끌로부터 멀리 떨 어져 자기를 잊고 만물을 탐심하겠노라 강조하셨지만, 이 처럼 각양각색의 문하들이 넘치는 꽃못을 세상이 그냥 둘 리 없다 여겼어요. 끝까지 장육(藏六, 거북이 위험을 피해 껍 질 속에 몸을 숨기는 모양)을 고집해도 문하에 의해 그 이름이 높게 빛날 수도 있는 법이지요. 태휘와 사암은 경세에 뜻 을 두고 취화(翠華, 군왕의 일산) 아래로 나아갈 날만 기다리 고 있으며, 형중과 군실은 진작부터 청운의 꿈을 접고 산천 을 소요하며 만물의 이치를 깨달을 마음을 굳혔답니다. 언 뜻 살피면 정반대의 길이기에 엇갈려 찢어질 것처럼 보이 나 명분을 바로 세우는 데 힘을 모을 순간이 오면 구만 리 를 날아오르는 두 날개로 변할 수도 있지요. 검리(劍履)로

왔다. 화곡서원에 배향되었다.
*홍인우(洪仁祐, 1515~1554). 응길은 그의 자다. 서경덕의 제자이다.

써 탑전(임금의 자리 앞)에 나아갈 수 있을 때까지 기다리기
로 했답니다. 처음에 스승은 한사코 나의 호의를 받아들이
지 않으셨어요. 검루(黔婁, 춘추시대 제나라 사람으로 매우 가난
했다.)나 원헌(原憲, 공자의 제자로 매우 가난했다.)과 이름을 나
란히 하며 청빈하게 살아온 이들에게 흔히 나타나는 결벽
이었답니다. 내가 먼저 한 발자국 물러났지요. 와가를 짓자
는 소린 하지 않을 터이니 꽃못을 찾는 손님이나 문하들의
숙식은 살펴 드리고 싶다고 말이에요. 스승도 그것까진 막
지 않으셨어요.

스승은 손에서 『역경』을 놓지 않으셨습니다.
하늘에 앞서면 하늘이 어기지 않고 하늘에 뒤지면 천시
(天時)를 따르는 법이니, 선천(先天)은 곧 태허(太虛)이고 태
극(太極)이며 일기(一氣)라고 하셨답니다. 이때 일기의 일
(一)은 단순히 하나의 의미가 아니라 수의 본체라고 덧붙이
셨지요. 이와 기 중에서 어느 쪽이 먼저냐고 여쭈었더니 스
승은 조금의 망설임도 없이 이는 기의 주재(主宰)라고 답하
셨답니다. 주재가 무엇인지 다시 여쭈었지요. 주재란 결코
밖에 있을 수 없으니 기가 작용하는 데 올바름을 잃지 않도
록 하는 것이라고 답하셨습니다. 그때 이미 많은 서생들이
이가 먼저다 기가 먼저다 다투고 있었지만, 스승처럼 명쾌

하게 후천보다는 선천, 이보다는 기가 근본이며 중요하다
고 밝힌 이는 없었답니다. 스승의 가르침은 떠도는 풍문처
럼 소강절이나 장횡거에 머무르지 않고 주돈이와 주자까지
아우른 후에 나온 것이지요. 물론 송나라 학자들의 주장을
곧이곧대로 받아들이지 않고 끊임없이 비판하며 자기 것으
로 녹여 내셨답니다.

지금 조정의 몇몇 대신들이 스승의 가르침을 비판한다
고 들었어요. 비판은 학문을 키우는 밑거름이지요. 스승도
생전에는 젊은 학인들의 직설적인 비판과 질문을 기꺼이
환영하며 밤을 새워 당신의 생각을 더욱 갈고 다듬으셨으
니까요. 스승은 송나라 학자들의 서책에 주석이나 다는 것
으로 학인의 소임을 다했다고 여기지 않으셨습니다. 공맹
이나 노장의 가르침이라도 짚을 것은 짚고 따질 것은 따져
야 한다고 말씀하셨지요. 학인은 곧 벼랑에 서 있는 자니
물러서거나 주위를 살필 겨를이 없도다. 오로지 화두를 틀
어쥔 채 싸우고 또 싸울 뿐이니, 나의 깨달음을 다른 이들
에게 줄 수 없으며 그 역시도 마찬가지이니라.

스승의 위기지학(爲己之學, 자기 자신의 수양을 위한 학문)에
대한 또 하나의 오해는 당신이 늘 움직임보다 멈춤(止)을
강조하고 마음의 정(靜)을 주로 가르쳤다는 것이지요. 물론
스승은 멈춰야 할 때를 세심히 살펴야 한다는 말씀도 하셨

175

고 정으로 동을 조절해야 한다고도 하셨답니다. 이것이 곧 세상과의 인연을 끊고 면벽으로 생을 보내라는 가르침은 결코 아니지요. 스승은 다만 기회가 왔을 때 제대로 움직이기 위해서는 흔들림 없는 마음을 먼저 지녀야 한다고 강조하셨던 것입니다. 정암이 기묘년에 큰 화를 당한 것도 너무 크게 너무 멀리 움직이려고 했기 때문이라고 여기시는 듯했어요. 더 나아가고 싶을 때 참을 수 있는 지혜를 정을 통해 배웠어야 한다는 것이지요. 정은 결코 아무것도 하지 않는 것이 아니라 모든 것이 가능하도록 스스로를 살피는 과정에 다름 아니에요. 그 많은 학인들을 따뜻하게 맞이하고 또 하나하나 빠짐없이 성심을 다하여 가르침을 베푸는 스승의 뒷모습에서, 세상으로 직접 나아가 천하의 도를 바로잡고 싶어 한, 그 누구보다도 배우고 익히기를 좋아한 거인(공자)의 기운을 느꼈답니다. 허태휘도 나와 같은 생각이었지요.

경자년(1540. 중종 35) 여름 드디어 위천(渭川, 태공망(太公望)이 때를 기다리며 낚시질로 소일하던 곳)을 떠날 기회가 왔지요. 삼접(三接, 군왕이 하루에 신하를 세 번 만나는 것)의 총애를 받던 한성부 판윤 모재(慕齋)*가 꽃계곡의 늙은 학인을 천

---

* 김안국(金安國, 1478~1543). 모재는 그의 호다. 서경덕의 뛰어난 학덕과

거하신 겁니다. 스승이 출사하시면 능히 군계일학의 면모를 보일 수 있었어요. 부르면 나아가 도를 행하고 버리면 물러나 숨는 것이니, 이제 뒤늦게나마 나라에서 찾으므로 가셔야 한다고 간곡히 아뢰었지요. 스승은 훌쩍 꽃못을 떠나 하늘 가운데를 며칠 떠돌다 오신 다음 분수에 넘치는 일은 하지 않겠다는 시로 답을 대신하셨답니다. 어둠을 그냥 두시려는 건가요, 여쭈었더니 타산(他山)의 거친 돌이 있어야 옥(玉)을 갈 수 있느니라 하셨어요. 더 따지고 싶었지만 허태휘가 말렸지요. 이제 겨우 처음 불렀는데 바로 달려 나가면 이날을 기다린 것이 아니냐는 오해를 불러올 수도 있습니다. 스승은 그 여름 내내 삿갓에 도롱이 입고 가는 비에 호미 메고 산밭을 흘매며 침묵을 지키셨어요. 가을바람이 선뜻 불자 아쉬움도 함께 씻겨 내려갔답니다.

4년 후(1544) 다시 직설(稷契, 순임금의 충직한 신하인 후직과 설)의 공을 이룰 기회가 왔지요.* 이번에는 후릉참봉(厚陵參奉)이라는 벼슬까지 제수되었습니다. 이정과 태휘가 나서서 권하였지만 스승은 몸이 쇠약하여 감당하지 못하겠다며 또 거절하셨지요. 그때 나는 이정이나 태휘의 편을 들지 않

인품을 보고, 1540년과 1544년 두 차례나 그를 조정에 추천했다.
* 군왕을 도와 태평성대를 열 기회를 뜻한다.

았답니다. 옥당(玉堂, 홍문관)의 대제학을 해도 모자라는 분을 겨우 능참봉에 명하다니요. 물고기 눈깔과 진주를 뒤섞어 늘어놓고 생색이나 내겠다는 속셈이 아니고 무엇이겠는지요. 나아간다면 옥소리 울리며 각루를 기다렸다가 국사를 논할 수 있어야 하고, 물러난다면 깨끗하게 나라로부터 아무런 녹도 받지 않는 것이 옳습니다. 태휘는 후릉참봉을 받아들인 다음 도약의 기회를 살피면 되지 않느냐고 했지만 조정에 세가 없는 스승이 어찌 또 자리를 바꿀 수 있겠는지요. 스승은 그런 나를 물끄러미 쳐다보시며 나의 기다림과 너의 기다림이 참으로 다르다 하셨어요. 나아가지 않아야 한다고 주장하면서도 내 뜻이 심하게 움직이고 있음을 아셨던 것이지요.

정녕 안타까웠던 때는 그 겨울 선왕(인종)께서 용상에 오르신 직후였어요. 스승은 아픈 몸을 이끌고 석 달 동안 참최를 입으셨지요. 그때 스승이 하셨어야 할 일은 참최를 입고 대상(大喪)의 올바르지 못함에 대한 상소를 쓰는 것이 아니라 청쇄달(靑瑣闥, 대궐 문)을 밀고 들어가 선왕을 알현하는 것이었습니다. 망극한 슬픔을 거두고 옥체를 보존하시라고 간곡히 아뢴 후, 만씨(蠻氏, 달팽이 왼쪽 뿔에 세워진 나라)와 촉씨(觸氏, 달팽이 오른쪽 뿔에 세워진 나라)처럼 시끄럽게 다투는 저 교활한 대윤과 소윤의 무리에게 주해(朱亥, 전국시대 위나라의 장수)의 철퇴를 내리치는 일에 꽃못의 학인들을 이끌고 뛰어들겠사옵니다, 구학(溝壑)에 버려질(죽임을 당해 그 시체가 도랑이나 골짜기에 버려짐) 각오로 말씀 올렸어야 했지요. 스승은 조황(釣璜, 임금이 훌륭한 신하를 얻음)의 마지막 기회를 그저 해바라기처럼 역군은(亦君恩)이샷다 외며 흘려보내셨답니다. 수레 끌채 밑의 망아지가 따로 없었지요. 이미 늦었다고 생각하신 걸까요. 원구(元龜, 나라에서 점을 칠 때 사용하던 큰 거북)처럼 버티고 있는 경상우도의 남명께 기별을 넣어 함께 상경하시라고 여쭈었으나 스승은 서두를 필요가 없다고 하셨어요. 측석(側席, 군왕의 옆자리)은 언제나 비어 있고 엉킨 매듭을 차근차근 풀 만큼의 시간은 있다고 여기셨는지도 몰라요.

때 이른 죽음은 사람의 가슴을 철렁 내려앉게 만들지요. 을사년(1545) 7월, 소의간식(宵衣旰食, 해가 뜨기 전에 옷을 입고 해가 진 후 식사를 함. 그만큼 군왕이 정사를 열심히 돌보았다는 뜻임)을 이어 가던 선왕이 승하하신 뒤부터 스승의 기침 소리는 부쩍 탁해졌고 걸음도 자주 흔들렸어요. 눈물을 쏟으면서도 속 타는 줄 모르는 촛불 같다고나 할까요. 그로부터 1년 남짓한 날들은 이미 앞에서 살폈고 허태휘가 나보다도 더 극진히 스승을 간병하였으니 자세히 논할 필요가 없겠지요. 스승의 쓸쓸하고 비참하기조차 한 마지막 날들을 흰 종이에 옮기고 싶지 않아서이기도 합니다. 모든 것을 빠짐없이 적어야 그 사람의 전부를 아는 것은 아니니까요. 난초 허리에 차고 거문고 차만 벗 삼으셨다고 해 두지요. 서책도 잊고 맑은 술도 멀리한 채 서서히 서서히 멈추는 날들.

스승의 깊고 넓은 공부를 더 논하는 것 자체가 불경이겠지요.

스승이 깨달음을 얻고 얼마나 기뻐하셨는가를 알 수 있는 풍경 하나만 덧붙일까 합니다. 가을이었지요. 스승은 제자들과 함께 낙엽 밟으며 산길을 걷는 시간을 유난히 좋아하셨지요. 만 구비를 돌아도 간 길은 백 리도 못 된다며 마음의 힘을 길러 세속의 일에 시달리지 말라는 충고를 들은 곳도 바로 그 양장(羊腸, 양의 창자. 꼬불꼬불한 길) 위에서였지요. 구름 한 점 없는 하늘과 맑은 바람에 이끌려 박연에 닿았답니다. 잠시 숨을 고르는 사이 스승은 조금 더 숲을 살피고 오겠노라 말씀하시곤 나막신 굽을 고친 후 대흥동 쪽으로 사라지셨지요. 한참을 기다려도 내려오지 않으셨어요. 방해가 될까 발소리를 낮추며 조용히 숲으로 들어갔어요. 경쾌한 폭포 소리가 단풍에 부딪혀 잘게 갈라질 즈음 앞서 걷던 허태휘가 나뭇등걸에 말곰(불곰)처럼 등을 대고 손짓했답니다. 우리도 제각각 흩어져 몸을 숨긴 다음 허태휘의 손끝을 따라 공터를 살폈지요. 눈부신 햇살이 쏟아지는 그곳에 스승이 서 계셨답니다. 언제나 뒷짐을 지고 손과 발의 움직임을 최대한 작고 단정하게 두던 스승께서 양팔을 크게 휘저으며 빙빙 돌면서 어깨춤을 추고 계셨어요. 한 마리 백학(白鶴)이었답니다. 한 달 내내 궁리한 온천(溫泉)의 이치를 깨달으신 겁니다. 온천이 생기는 이치를 음양으로 설명하신 것도 놀라웠지만 잉걸불(활짝 피어 이글이글 타는 불)이 타오르듯 덩실덩실 춤출 만큼 공부를 좋아하신 스승의 모습이 오랫동안 뇌리를 떠나지 않았답니다. 이 정도면 공부자에 비길 수 있지 않겠는지요. 배우고 때로 익히면 또한 즐겁다는, 누구나 알지만 따르기 힘든 경지를 온몸으로 보여 주셨던 것이지요.

어떤 이는 10년 꽃못을 오가며 무엇을 배웠느냐고 묻더군요. 그 많은 돈과 시간을 쏟아붓고 남은 것이 무엇이냐는 비아냥 섞인 물음입니다. 폐허로 바뀌어 가는 지금의 꽃못을 보면 스승의 가르침이 곧 사라지리라 여길 법도 합니다. 많은 것을 배웠지만 또 많은 것을 잊은 것도 사실이에요. 『주역』과 『예기』와 소옹과 두보는 잊을지언정, 박연의 폭포 아래 피어오르는 늙은 학인의 춤과 홀로 달 아래에서 현 없는 거문고를 타는 은자의 미소는 잊을 수 없지요. 우리도 그와 같이 삶의 이치를 깨닫고 기뻐할 순간을 그리며 이 어두운 시간들을 버텨 내는지도 모릅니다.

스승은 늘 경박한 제자를 걱정하셨답니다. 서책은 읽되 시를 짓지는 말라 하셨고, 굳이 시를 짓겠다면 정(情)은 담지 말라 하셨으며, 정을 담아야 할 순간이 오더라도 거기에 온 힘을 쏟아부어 도를 배우는 데 방해가 되어서는 아니 된다 하셨어요. 10년 동안 못난 제자는 스승의 가르침을 어기기만 했군요. 꽃못의 아름다움 담지 못하고 갈 곳 몰라 서성였답니다. 반가운 매화는 어디에 피었을까요. 깨달음의 바람꽃(큰 바람이 일기 전 먼 산에 구름같이 끼는 뿌얀 기운)은 언제 나타났다 사라진 걸까요.

시간 뒤에 남은 것

허태휘 보세요.

이 짧은 우통(郵筒, 서찰통)을 읽을 즈음이면 나는 오등(烏藤, 검은 등나무로 만든 지팡이)에 의지하여 길 위에 있을 겁니다. 이번에는 에움길(우회로)만 따르려 해요. 득도란 결국 길을 얻는 것이니 어찌 길 위로 나서는 것을 멈출 수 있겠는지요. 산이 아니라 길에 묻히고 싶다고 한 것도 이 길의 영원함을 믿기 때문이랍니다. 만 조각 배꽃잎 떨어지고 천 가닥 버들가지 흔들리는 경덕궁(敬德宮)을 살핀 후 조풍(條風, 봄에 부는 동북풍)을 등지고 하삼도로 곧장 내려갈 겁니다. 하리곡(下里曲, 속된 노래) 한 가락 뽑아 흔들며 세상의 원통함 호소하는 계곡도 찾고 하늘에 맞닿은 바다와 구름 봉우리도 구경할 것이에요. 1년을 꼬박 자리보전한 몸으로는 벅차기도 하겠지만 그 길을 찾지 않고는 두류로 향할 수 없을 것 같네요. 남쪽 바다(남명 조식)는 정녕 꽃못(화담 서경덕)보다 더 크고 넓을까요. 일편단심으로 이 세상 소생시키고자 하는 포부를 일찍이 들었고 용과도 같고 하늘과도 같고 바위와도 같은 사람이라는 스승의 평까지 덧붙여 유추하건대, 이 길이 헛되지만은 않을 겁니다. 부질없이 돌아설 뿐일지라도, 날 알아주지 않는 자들에게 문전박대를 당한다 해도, 고향집 싸리문이나 부여잡고 후회하는 것보다야 낫겠지요. 오해는 말기를! 또 다른 스승을 모시기 위해 남행하는 것이 아닙니다. 뜻을 함께할 분을 뵈려는 것이지요. 오랜 세월의 욕심 다 사라지고 가슴에 만 권의 책만 남았다는 식의 달관의 노래는 부르고 싶지 않습니다. 아직 내가 싸워야 하는 것이 이 세상에는 얼마나 많은지요.

스승은 서책을 미리 정하거나 배우고 익힐 자리를 살펴주는 법이 없으셨답니다. 독서란 산을 유람하는 것과 같아서 깊고 얕은 곳 모두를 스스로 얻어야 한다셨지요. 온 힘을 다해 홀로 고민하여 깨달음을 얻기를 바라셨지만, 아무나 지혜의 꽃을 꺾고 화평하면서도 밝은 못에 빠질 수 있는 것은 아니지요. 궁극적인 앎이란 가르치거나 배울 수 없다고도 하셨습니다. 배우거나 가르칠 수 있다면 사고팔 수도 있을 테니, 셈이 밝은 송도의 장사치들이 제일 먼저 도를 얻을 것이 아니겠어요. 3년 전 윤정월 초닷새, 허태휘를 비롯한 제자들의 간청에 못 이겨 몇 말씀 남기시긴 했지만, 봄의 뜻이 만물에 숨어 있듯이, 스승의 깨달음은 거기에 머무르지 않아요.

지족사(知足寺)에서 내려오던 춘신(春汛, 음력 2~3월 무렵)에도 오늘처럼 햇살이 맑고 눈부셨지요. 눈 어두우니 줄 따라 읽지 못하며 마음 어두우니 잘못 생각하는 바가 많다고, 다른 스승을 찾으라 하셨어요. 아침저녁의 풍광이 다르고 네 계절의 느낌이 다른 꽃못에 고집을 부려 머문 후 『주자어류』를 앞에 놓고 여쭌 적이 있답니다. 짓지는[作] 않더라도 가려[選] 모을[輯] 수는 있지 않은지요. 붓을 들기 힘겨우시다면 문하로 하여금 가르침을 옮기도록 허락할 수 있지 않은지요. 다만 웃으셨답니다. 이미 깨달은 자는 침묵으로도 넉넉하겠지만 그때나 지금이나 나는 스승의 의도적인 감춤과 그침이 아쉬워요. 배우고도 멈춤을 알지 못한다면 배우지 않은 것과 무엇이 다르겠는가! 나는 스승이 왜 이곳에 머무르고 또 저곳으로 가시는지 몰랐지요. 스스로를 충족시켜 바깥에 의존함이 없는 경지를 영원히 깨닫지 못하리라는 예감이 더욱 이 순간을 암담하게 만듭니다.

슬픔에 젖어 느릿느릿 흘러가는 시간 뒤에는 과연 무엇

이 남을까요.

　스승의 죽음을 가장 안타까워한 이가 허태휘란 것을 압니다. 정월 초엿새에 꽃못을 찾았을 때도 여전히 눈물을 비쳤었지요. 나는 그저 300잔이 넘는 양고주(羊羔酒, 양고기와 찹쌀을 빚어 만든 맛좋은 술)를 마시고 금 술통 두드리며 취커니 권커니 노래 불러 만고에 쌓인 시름을 씻어 내라 권했답니다. 하늘로부터 내려와서 바다로 치달아 다시 돌아오지 않는 황하의 물줄기를 어찌 다시 돌릴 수 있겠는지요. 저물녘 눈(雪)빛처럼 하얗게 변한 머리를 아침 녘 검은 머리로 바꿀 방법은 조화옹도 모른답니다. 토정 같은 이는 본래의 형태로 돌아가는 스승을 항아리 두드리며 전송하는 것이 진정 당신의 가르침을 따르는 길이라며 웃었지만, 뇌자(腦子, 독약의 일종)를 삼키려고 덤볐던 허태휘는 정직한 슬픔을 감출 수 없나 봅니다. 모두 떠나간 꽃못을 철마다 드나든 것도, 송추(松楸, 무덤의 별칭)에서 밤을 꼬박 새운 것도 그리움이 깊어서겠지요. 스승을 기린(麒麟)에 비기고, 성인(聖人)이 없기에 꽃못의 상서로운 기운을 알지 못한다는 한탄 역시 안타까움의 작은 그늘입니다. 스승은 끝내 꿈에서도 꽃못을 찾지 않으셨어요. 하늘 저 끝까지 비추는 달이 오히려 원망스럽더군요. 기다림이 클수록 스승은 더 먼 곳으로 가시겠지요. 석양의 피리 소리만 꽃못을 감쌀 뿐입니다. 산은 옛 산이지만 물은 옛 물이 아니란 사실을 받아들이고 흩어질 때가 되었나 봅니다. 스승과의 추억만 품고 있다가는 시간의 위력 앞에 무참히 짓밟힐 뿐이지요. 흩어지더라도 함께 나눈 시간들이 사라지는 것은 아닙니다. 스승의 농막이 무너지고 그 농막에서 배우고 익히던 동학들이 모두 죽는다 해도, 깨달음을 갈망하는 학인들은 또 어딘가로 모여들 겁니다. 10년 전 꽃못에 들기 훨씬 전부터 나는 이미 스승을 뵈었고 꽃못을 떠나는 지금도 발걸음 걸음마다 스승의 맑은 기운이 흘러넘친답니다.

강물이 푸르러 물새가 더욱 희고 산이 푸르러 꽃이 불타오를 것만 같은 봄에 귀향하는 일이 유독 잦았지요. 돌아오고 돌아오고 아무리 돌아와도 고향에 닿지 않는 아득함, 꽃못의 초가에서 배우고 배우고 또 배웠지만 어느 것 하나 배우지 못한 슬픔, 향기를 따라왔건만 이미 저버린 꽃의 안타까움이여. 무리 짓기를 좋아하는 이들은 송도삼절(三絶, 박연폭포, 서경덕, 황진이) 운운한다지만, 폭포와 사람의 어깨를 견주는 것이 우습고 스승과 내가 함께 논의되는 것도 어불성설이기에 물러나 등을 돌리는 것으로 부끄러움을 다했습니다. 나의 침묵에서 수관(漱盥, 새벽에 세수와 양치질을 마치고 하명을 기다림)도 제대로 못한 제자의 잘못을 깨닫기도 하겠으나 그 소리 없음을 묵인으로 받아들여 망상의 나래를 펴는 어리석은 이들도 적지 않았답니다. 고려공사삼일(高麗公事三日, 계획을 자주 변경함)이라는 비난을 받더라도 스승과의 지난 세월을 살폈던 것은, 물러나서 헛된 기운들이 사라지기를 기다릴 것이 아니라 나서서 그 기운을 지우고 나 역시 사라질 때라고 여긴 탓입니다. 눈에 가득 안개 깔리고 해 또한 기우는, 가을보다도 더 처량한 봄이니까요. 한 줌 흰머리를 보이기 싫어 고추바람 불던 지난겨울 내내 백옥(白屋, 가난한 선비가 사는 집)의 문을 굳게 걸어 잠그고 녹창(綠窓, 부녀자가 거처하는 방의 창)에도 서지 않았다면 믿으시겠어요.

아, 이런 글쓰기란 처음부터 어리석은 일이었는지도 몰라요. 임종을 앞둔 스승은 지금까지 문하에게 아무것도 가르친 것이 없다 하셨지요. 냇물이 흐를 때, 꽃이 필 때, 새가 날아오를 때, 그것들이 무슨 말을 하더냐. 내 말을 기억하기보다 두 눈을 크게 뜨고 세상의 흐름을 살피거라. 스승과는 다른 의미에서 나의 글은 세상에 보일 만한 것이 못 됩니다. 허태휘에게 건넨 글을 서둘러 돌려받은 것도, 이 작은 소설(진리를 담고 있지 못한 잡된 이야기)로 꽃못과 스승의 존명을 어지럽히고 싶지 않아서였지요. 이제부터라도 삼함(三緘)의 가르침(말을 아끼며 조심하라는 가르침)을 가슴 깊이 새겨야겠습니다. 내 기억에 의존할 부분이 있다면 그 모두를 허태휘의 것으로 바꾸세요.

산이 끊어져도 봉우리는 이어지고 말이 끊어져도 뜻은 이어진다고 했던가요. 10년 전 스승은 나를 문하로 받아들이며 물으셨지요. 스승이 사라진 후에야 제자는 비로소 공부를 시작하는 법이니 내가 없더라도 공부를 그치지 않을 자신이 있는가. 그 물음의 참뜻을 알았다면 곧바로 답을 하는 어리석음을 범하지는 않았을 겁니다. 스승도 없는 꽃못에 두 해 동안 머물고 또 허태휘의 부탁을 못 이기는 척 받아들여 글 같지도 않은 글을 끼적거린 것도, 홀로 공부하는 것이 두려웠던 탓이지요. 이젠 정말 목매기송아지(어린 송아지)에서 벗어나 제대로 공부할 때가 온 것 같습니다. 우린 이제 삼상(參商, 하늘의 동쪽과 서쪽에 있는 두 별)처럼 헤어지지만, 허태휘는 한양에서 나는 두류산 삼협(三峽, 험한 골짜기를 뜻함)에서, 천지의 무궁함을 깨닫더라도 홀로 슬픔에 젖어 눈물 흘리기로 해요. 모든 것 하늘과 땅에 맡기고 스스로 부침하며 만물 밖에 노닐기로 해요. 흔적 없이 깔리는 어둠처럼. 그 어둠을 뚫고 지나기 위해 쉼 없이 철철거리는 시내처럼. 그 위로 아득히 흘러가는 복사꽃잎처럼.

개정판 작가의 말

『나, 황진이』는 여성 1인칭으로 쓴 첫 장편이다.

태어나서 죽을 때까지 성숙해 가는 예술가를 그리고 싶었다. 집필 전에 검토한 황진이에 관한 소설들은 그녀가 가장 빛나던 시절만을 다루고 있었다. 나는 40대 이후 세파를 겪고 나서 화담 서경덕 문하에 들어가고, '황진이 살롱'의 중심으로 활약하던 시기를 주목했다. 16세기 중엽 무렵부터 서경덕, 김인후, 이황, 조식 등 전국에서 학파가 생겨났지만, 여성을 동학(同學)으로 받아들인 곳은 서경덕 학파가 유일하다. 『나, 황진이』에선 어리거나 젊은 황진이가 아니라 늙은 황진이의 때로는 넉넉하고 때로는 회한에 찬 시선으로 인생과 예술과 학문을 논한다.

황진이는 일급 시인이다. 감성이 풍부하다거나 남자들과

애절한 사랑을 나눈 정도론 탁월한 시를 쓸 수 없다. 일급이 되기 위해서는 많은 시들을 읽고 외우며 또 그만큼 습작하는 수련 기간이 필요하다. 고려 말부터 조선 중기까지 널리 읽힌 국내외 시집들로 황진이의 서재를 채웠다. 긴 회고의 강에 시집에서 고른 시들을 꽃잎처럼 띄워 황진이의 내면을 구축하려 했다.

또한 공을 들인 것은 개성의 풍광이었다. 박연폭포 등 명승지뿐만 아니라 아침에 산책을 나선 황진이의 눈에 들어온 개성의 골목들을 구석구석 소설에 담고 싶었다. 개성을 직접 답사하긴 힘들었기에, 고려 말 문집들과 조선 초 개성 여행기들을 통해 골목들을 상상하고 문장으로 녹였다. 기회가 된다면 꼭 황진이의 마음으로 개성을 둘러본 후 몇몇 문장을 덧보태고 싶다.

2002년 초판을 낼 땐 초쇄가 나갈 수 있을까 걱정했다. 16세기 초에 최대한 근접한 문장과 풍속을 소설로 표현했기 때문에, 독자들이 읽어 내기엔 힘겨우리라 예상했던 것이다. 그러나 출간과 함께 눈 밝은 독자들의 사랑을 받았고, 24부작 드라마 「황진이」(2006년, KBS)의 원작이 되기도 했다. 그리고 나는 이로부터 용기 내어 여성 1인칭 소설에 계속 도전할 수 있었다. 독자들이 개정판을 통해 더 깊고 아름다운 황진이를 만나기를 바란다.

여름과 가을 내내 편집과 교정에 수고한 민음사 편집부
에 감사드린다.

2017년 11월

김탁환

초판 작가의 말

역사이자 시이고 소설인 작품을 쓰고 싶었습니다.

우리 역사에서 황진이 만큼 널리 알려진 여성도 없지만 황진이만큼 제대로 평가받지 못한 여성도 없습니다. 누구나 황진이를 알지만 아무도 황진이를 모른다고나 할까요.

황진이의 마음으로 16세기 지식인들의 사상적, 미적 성취를 살피고 그들의 고뇌를 이해하기 위해 이 책을 썼습니다. 잘못 알려진 부분을 바로잡고 잊도록 강요된 삶의 결을 하나씩 되살릴 때마다, 이 회고의 기록은 21세기를 살아가는 소설가 김탁환의 글이 아니라 16세기를 살았던 시인 황진이의 고백으로 변해 갔습니다.

그 안에는 자신의 한계를 돌파하기 위해 혼신의 힘을 쏟은 한 인간의 눈물겨운 투쟁과 무거운 성찰이 담겨 있습니다.

한 발 제겨디딜 곳조차 없는 외길에서 그녀가 뱉은 말들이 쩌릿쩌릿 귀를 울립니다. 그녀의 노래는 강할 뿐 아니라 아름답습니다.

백범영 선생님의 수묵화 덕분에 제 글이 역사이자 시이고, 소설이면서 그림인 한 권의 책으로 만들어졌습니다. "이 글이 꼭 내 작품같습니다."라는 말씀처럼, 백 선생님의 그림은 황진이를 그리는 저의 마음을 옮겨 놓은 듯합니다. 논산 탑정호에서 밤새 나눈 뜨거운 말들을 가슴 깊이 아로새기겠습니다.

초고를 탈고할 즈음, 나란 인간이 얼마나 부족하고 어리석은가를 깨닫게 되었습니다. 부끄럽고 난감한 시간이었지요.

그나마 책의 꼴을 갖추게 된 것은 안대회 선생님께서 졸고를 꼼꼼하게 살피고 틀린 부분을 바로잡아 주셨기 때문입니다. 정재서 선생님과의 만남은 저의 20대에서 가장 빛나는 부분입니다. 선생님의 가르침 안에서 상상력의 본질과 도교의 부드러운 힘을 이해할 수 있었으니까요. 앞으로도 오랫동안 선생님을 귀찮게 해 드릴 것 같아 죄송한 마음 금할 길이 없습니다. '동양적 상상력의 소설적 복원'이라는 선생님의 약속을 지키기 위해 최선을 다하겠습니다. 2년 남짓 장일구 선생님과 '근대'소설의 한계에 대해 나눈 정담 역시 제 작업에 커다란 활력소가 되었지요. 생각의 스승을 만나는 행운이 소설을 낼 때마다 계속되기를 바랍니다.

제 작품은 대중판과 주석판, 이렇게 두 가지 판본으로 세상에 나갑니다. 본문보다 많은 각주가 붙은 책의 출간을 고집한 것은 역사 소설도 이제는 야사 위주의 짜깁기로부터 탈피하여 철저한 고증과 문체 미학을 추구하여야 한다고 믿기 때문입니다.

문장 하나마다 시 한 수가 겹치는 소설을 쓰는 상상을 오랫동안 해 왔는데, 이 작품을 통해 어느 정도 그 꿈을 이룬 것 같아 기쁩니다. 창작 과정을 유추할 수 있는 주석판을 내고 싶다는 저의 개인적 욕심을 흔쾌히 받아들인 박혜숙 사장님과 김주영 선생님께 감사드립니다. '역사의 문학화'와 '문학의 역사화'가 만나는 지점에 대한 고민을 앞으로도 계속 푸른역사와 함께 하고 싶습니다. 이 소설이 페미니즘과 미시사를 이야기하는 작은 재료가 되었으면 하는 것이 저의 마지막 바람입니다.

황진이의 도전과 투쟁을 그리며 자주 어머니를 떠올렸습니다. 40대에 홀로 되신 어머니는 20여 년 동안 강건하게 두 아들을 키우며 세상과 맞서셨습니다. 여장부라는 별명이 따라다녔지요.

못난 장남은 이제야 안으로 안으로만 흘리신 어머니의

눈물이 저수지를 가득 채우고도 남는다는 걸 깨닫습니다.

회갑을 맞으신 어머니의 맑은 웃음을, 이 부족한 책으로 말미암아 한 번 더 볼 수 있으면 정말 좋겠습니다.

2002년 여름

김탁환

발문

중세에 살기의 욕망과 소설의 갱신

정재서 | 문학평론가·이화여대 중문과 교수

    김탁환은 재(才)와 학(學)을 겸비한 작가이다. 그는 일찍이 평론으로 문단에 첫발을 디뎠다. 평론집 『소설 중독』에서 기존의 소설관을 해체하는 과감한 지론으로 주목을 받은 이래 첫 장편소설 『열두 마리 고래의 사랑 이야기』에서 동아시아의 신화와 도교적 상상력을 실험하였고, 이후 『불멸』, 『허균, 최후의 19일』 등의 작품에서는 정벽(精壁)한 고증과 독특한 사안(史眼)으로 소설의 사전(史傳)적 본성을 회복시키고자 했다. 이는 학(學)의 측면에서 상당한 공력을 요하는 작업으로, 그를 재학 겸비(才學兼備)한 작가로 지칭하는 이유는 실로 여기에 있다.

    소설 『나, 황진이』는 창작 방면에서 저간의 시도를 집약함과 동시에 새로운 출로를 열고자 하는 노력의 결실이라는 점에서 또 다른 주목을 요하는 작품이다. 우선 이 작품은 쟁점 많은 조선 후기에 비해 상대적으로 우리의 관심이 적었던 조선 중기에 대한 작가의 집요한 탐구의 산물이다. 자본주의의 내재 발전이 이루어진 시기, 주체적 학문인 실학이 흥기한 시기, 르네상스로 일컬어지는 영·정조 시기 등 후기의 중요한 역사적 사안들에 가려져 조선 중기는 기껏해야 후기의 결과를 예비한 시기 정도의 의미로밖에 평가받지 못해 온 감이 있다. 따라서 김탁환의 조선 중기에 대한 각별한 관심은 최근 서구에서 일어나고 있는 근대에 대한 과도한 강조를 반성하고, 평가절하된 중세 속에서 오히려 인간 본연의 모습을 찾아내려는 움직임과 동궤(同軌)에 속하는 인식이다. 엄혹(嚴酷)한 주자학적 세계관에 의해 아직 결속되어 있지 않던 시기, 사상적 다양성이 넘쳤던 조선 중기야말로 우리 문화의 역동성이 가장 풍부했던 시기이며 바로 그 힘으로 임진왜란과 병자호란 같은 미증유의 국난을 넘어설 수 있었던 것이 아닐까? 김탁환은 바로 이 지점에서 퇴계도 율곡도 아닌 화담(花潭) 서경덕(徐敬德)에 경도(傾倒)된다. 퇴계와 율곡은 조선 후기 주자학 일통(一統)의 세계를 열었지만, 불교와 도교까지 포용하는 조선 중기 회통(會通)적 사상계의 주역은 화담이다. 김탁환이 『나, 황진이』를 통해 이야기하고자 하는 내용은 분명하다. 황진이의 입을 빌려 그는 황진이 개인의 전설적인 삶뿐만 아니라 그 불기(不羈)의 삶을 낳았던 화담 그리고 송도(松都)를 위요(圍繞)한 조선 중기의 문화 지형을 그리고 있는 것이다.

『나, 황진이』는 서사 기법상에서도 새로운 면모를 보여 준 작품이다. 우선 이 작품은 종래의 사건(event) 중심 서술을 거부한다. 이 작품은 비사건(non event)적인 서술로도 얼마든지 소설이 가능할 수 있다는 점을 예시한다. 고전소설에서 흔히 보였던 때아닌 객담, 주제 이탈, 박물지(博物志)적 나열 등은 이 작품에서 기존의 소설 문법을 돌파하는 훌륭한 장치로 기능한다. 이 장치들은 인간의 사고가 그렇게 선형(線形)적이고 체계적인 것만은 아니며 분방하고 임의롭기도 하다는 점을 우리에게 일깨워 준다.

우리는 이 작품에서 시도하고 있는 문체상의 변화에도 마땅히 주의를 기울여야 한다. 황진이의 언술에는 시적 성분이 풍부하다. 이러한 산문과 운문의 교합 현상은 마치 이성과 감성, 논리와 감각, 강(强)과 유(柔) 등 모든 대립적인 것들이 상호 보완적이라는 음양론적 사유의 문체적 실천처럼 느껴진다.

지난 세기 후반, 제1세계 문학이 쇠퇴하면서 남미 지역에서 토착 문화에 바탕한 마술적 리얼리즘의 문학이 굴기(崛起)하였고 이어서 중국 대륙에서는 이른바 심근 문학(尋

根文學)이 일어나면서 마침내 가오싱젠(高行建)이 노벨상의 영광을 거머쥐기에 이르렀다. 그러나 동아시아의 소설이 남미의 경우처럼 아직 정형화된 나름의 창작 경향을 이룩한 것은 아니다. 그럼에도 불원간(不遠間) 동아시아 문학은 풍부한 서사 전통을 기반으로 남미에 이어 또 하나의 독특한 서사 풍격(風格)을 창안할 것으로 예견된다.

이러한 시점에서 재학을 겸비한, 그리고 역강(力强)한 작가 김탁환에게 미래의 동아시아 소설에 대한 기대를 거는 것은 자연스러운 일이 될 터이다. 아울러 앞으로 그의 창작을 지켜보고 분발과 발전을 촉구하는 일은 당연히 독자의 몫이 될 것이다. 작가의 지속적인 건필을 기원하면서『나, 황진이』의 소설적 예후에 대해 주목하고자 한다.

소설 조선왕조실록 11

나, 황진이

1판 1쇄 펴냄 2002년 8월 12일
2판 1쇄 찍음 2017년 11월 17일
2판 1쇄 펴냄 2017년 11월 24일

지은이   김탁환
발행인   박근섭·박상준
펴낸곳   (주)민음사

출판등록   1966. 5. 19. 제16-490호
주소   (135-887) 서울특별시 강남구 도산대로1길 62(신사동)
             강남출판문화센터 5층
대표전화   515-2000 | 팩시밀리   515-2007
홈페이지   www.minumsa.com

ISBN 978-89-374-4212-4 04810
ISBN 978-89-374-4201-8 04810(세트)